BIBLIOTHÈQUE DE POCHE
COLLECTION GRANIT NOIR

YS EN AUTOMNE

Déjà parus dans la collection
GRANIT NOIR

BELFAST BLUES
KILT OU DOUBLE
ÉCHEC À LA RENNES
par Richard Deutsch

SAMEDI, L'ÉVÊQUE A RATÉ LE BUS
PAS DE GARDE-FOU POUR LE GARDE DES SCEAUX
par Bernard Pouchèle

YS EN AUTOMNE
par Martial Caroff

HERMINES ET IDÉES NOIRES
par Renaud Marhic

LE PETIT DOIGT DU GRAND ARCHITECTE
par Louarnig Gwaskell

à paraître

LA MARQUE BRUNE
par Bruno Perera

YS EN HIVER
par Martial Caroff

BIBLIOTHÈQUE DE POCHE
COLLECTION GRANIT NOIR

LES QUATRE SAISONS D'YS

YS EN AUTOMNE

MARTIAL CAROFF

ÉDITIONS TERRE DE BRUME
2000

Photo de couverture :
© cliché Stéphane Thommeret

ISBN 2-84362-079-1

Enfin ce jour paroist, ce jour infortuné,
Qu'au désordre naissant les Dieux ont destiné
Et douteux s'il doit luire, ou se cacher au monde,
Esclairer l'insolence, ou retourner sous l'onde,
Pour épargner sa honte & satisfaire aux Dieux,
Il voile en mesme temps & découvre ses yeux ;
Il répand dans les airs une lumière sombre
Qui tient également & du jour & de l'ombre,
Et couvrant ses rayons sous l'horreur des frimas
Il luit à l'injustice, & ne l'éclaire pas.

Georges de Brébeuf (1617 ? - 1661)

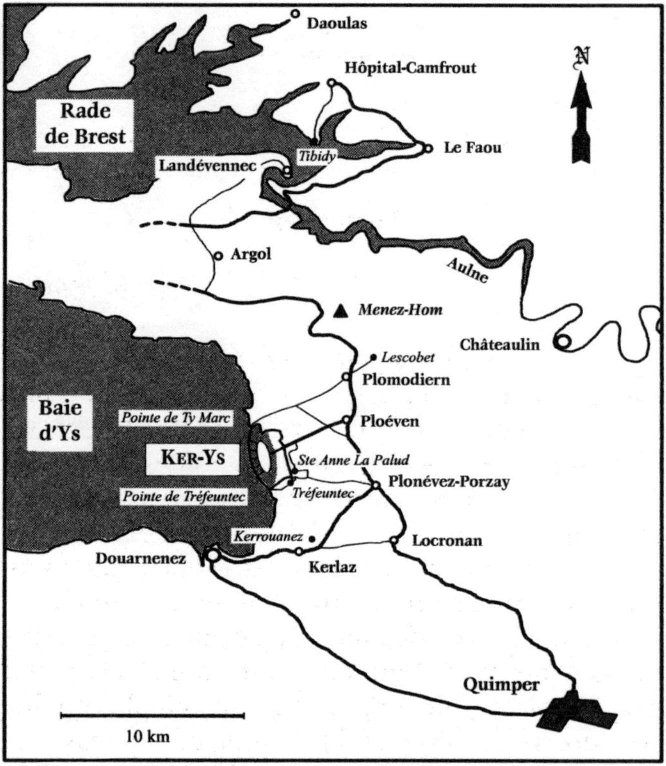

Daoulas
Hôpital-Camfrout
Rade de Brest
Le Faou
Tibidy
Landévennec
Argol
Aulne
Menez-Hom
Châteaulin
Lescobet
Plomodiern
Baie d'Ys
Pointe de Ty Marc
Ploéven
KER-YS
Ste Anne La Palud
Plonévez-Porzay
Pointe de Tréfeuntec
Tréfeuntec
Kerrouanez
Locronan
Douarnenez
Kerlaz
Quimper
10 km

PROLOGUE

Lustration

Octobre 501

C'était jour de tempête. Des vagues géantes s'accouplaient dans le tonnerre de Dieu. D'innombrables fulgurations produisaient continûment des êtres tordus et vicieux sous les huées des vents réprobateurs. Les masses liquides, façonnées en rouleaux, cascadaient sur la ville brisée, charriant palais, colonnades, citoyens et icônes païennes. Dans ce carphanaüm de fin d'un monde, un cheval noir, dont la tête chenue par l'écume seule apparaissait, portait un homme et une femme. Ou plutôt ce qui avait été une femme et qui n'était plus qu'une créature de transition, folle de tout, criant aussi fort que le vent, la mer et la pluie. Elle était nue. Elle s'agrippait au cou puissant du plus puissant roi de cette fin de terre. Cet étrange équipage hippique s'approchait lentement, à la manière d'un antique gyroscope, de l'anse salvatrice, poursuivi par un océan de colère de Dieu. Et là, sur le rocher, hiératique, se dressait le serviteur de cette colère. C'était encore presqu'un jeune homme, tout de chèvre vêtu, qui tenait à la main un grand bâton. La moitié antérieure de son crâne était entièrement rasée tandis que dans la partie postérieure s'enracinaient de longs cheveux blonds qui se donnaient au vent. Sa voix gronda soudain plus fort que les éléments :

– *A ureenhin* *, ô roi, si la vie t'importe, fais que disparaisse dans les flots le démon qui s'accroche à toi !

À ces paroles, l'océan avide tendit les bras vers la proie désignée. Mais le merveilleux destrier ne voulut pas céder son doux fardeau à l'ogre inassouvissable. Il taillait la mer qui, de douleur et de rage, hurlait. Il nageait toujours plus vite, portant ses deux corps aimés vers la côte maintenant si proche.

– *A ureenhin*, si tu veux sauver ton âme, jette le serpent qui se love auprès de toi !

Alors d'une voix de, je dirais, juste avant le tombeau des flots :

– *Tat... Tat...* Père... Père... ne m'abandonne pas !

Le cheval s'approchait du rocher.

– *A ureenhin*, si tu souhaites épargner à ton pays la fureur divine, celle-là même qui vient de purifier cette baie, nettoie la tache qui te salit le dos !

Le roi était sourd à la parole du serviteur de Dieu. Il flatta le destrier, lequel put vaincre les flots... Mais

* Les mots en italique sont en vieux ou moyen gallois (N.d.l'A).

pas l'Ordre des choses. Quand le cheval noir posa le pied sur la roche, l'homme blanc baissa sa crosse. Il effleura la femme de son bâton. Celle-ci glissa dans la mer qui, aussitôt, referma sur elle sa gueule effervescente.

Et alors, dans la parfaite quiétude d'un monde tout à coup apaisé, près de cette eau maintenant clapotante, sous un ciel rasséréné dont les nuages essuyaient l'œil rouge d'avoir tant pleuré, retentit le cri du père, comme sorti des forges de l'enfer :

– *Gwaethiroed Duw* !... Hélas !... Hélas !... Et ta justice, Dieu ? Justice pour moi, ton loyal serviteur !

Le cheval se traîna jusqu'à la crique, où il mourut d'épuisement. Le roi glissa à terre.

Il pleurait à genoux, le vieux roi cassé, la tête dans le sable, les bras tendus devant lui. L'homme blanc le releva en murmurant :

– Patere aequo animo, amice.

Les deux hommes découvraient l'ampleur du désastre. La digue, dont l'extrémité septentrionale s'adossait à la pointe rocheuse tout près de l'anse, montrait d'immenses brèches dans sa partie centrale. Les bassins avaient disparu. De la ville, il ne restait que quelques ruines lamentables.

– *Breenhin*, c'était la décision de Dieu, à laquelle tu dois te soumettre, dit le saint homme. Ta fille s'était perdue.

– *Tat abat*, père abbé, je m'en vais la retrouver, gémit le roi en se traînant vers la mer.

– *A ureenhin*, ton peuple a besoin de toi. Viens. Partons.

Le roi resta encore un long moment près du cercueil humide de sa fille. La masse pourtant pleine de la mer s'accrût encore des larmes du vieil homme. Enfin, il suivit son immaculé compagnon et tous deux grimpèrent lentement la falaise. Arrivé à son sommet, le roi se retourna une dernière fois.

– *Tat abat*, n'entends-tu pas comme une plainte ?

– Oui, *breenhin*... Le chant d'une *morgan*, répondit l'abbé en se signant.

Les deux hommes marchaient en bordure du Grand Palud, sous un soleil encore haut qui perçait une voûte azurée parfaitement pure. Ce même ciel qui, peu de temps auparavant, s'était chargé du courroux divin, tentait maintenant de réconforter le roi meurtri. Mais c'était peine perdue ! La brume qui envahissait le cœur de Gradlon-Mawr ne s'évaporerait jamais.

Au moment de quitter le Grand Palud et de s'engager sur la route menant à l'abbaye de Lan-To-Wennoc, Gradlon dit à son compagnon :

– *Tat abat*, c'est jour de misère et de deuil pour l'Armorique des païens et des croyants.

L'abbé Winwaloe murmura :

– Prions le Seigneur pour la sauvegarde du Royaume de la Nouvelle Cornugallia.

Puis plus fort, en s'adressant à son souverain :

– Si tu m'en crois, *breenhin*, tu feras construire une chapelle sur le Grand Palud, en face de la ville morte.

– Bien, *tat*, répondit Gradlon. Elle sera bâtie en bordure du marais en l'honneur de *Santes* Anna, l'aïeule du Christ.

Le souverain se tourna vers l'océan et, levant bien haut ses deux bras, il prononça solennellement :

– Ceci est le premier engagement que je prends en mémoire de ma fille et de sa ville.

Le roi et l'abbé rejoignirent la grande voie de l'Armorique Centrale qui liait *Caer*-Ys et *Caer*-Ahes, les deux cités de la princesse défunte. Une pierre dressée marquait l'embranchement de la route du Nord menant à Lan-To-Wennoc. Les deux Bretons s'y engagèrent.

Transportées par un vent au souffle léger, des feuilles à peine jaunies virevoltaient puis se déposaient à la surface des champs qui avaient avantageusement remplacé les bois d'antan sur le versant méridional du puissant Myny'Wm, défriché par les autochtones depuis déjà plusieurs décennies. Les chaumes et les guérets étaient enserrés dans de minuscules parcelles gardées par un peloton bruissant de frênes, de noisetiers et de hêtres. Plus loin, là où la pente était plus accentuée, des prés verdoyants accueillaient de frustes bovins, inquiets de savoir la Grande Forêt si proche, de l'autre côté du *mynyd*.

Les deux hommes s'approchaient de l'une de ces nouvelles paroisses qui avaient fleuri un peu partout sur cette fin de terre. Un religieux en provenance de *Bro Cymräec* *, Mordiern, avait installé en ces lieux sa vie érémitique, une cinquantaine d'an-

* Pays de Galles.

nées auparavant, près de ce qui n'était alors qu'un simple village de paysans gaulois. Il y avait fondé un *plou*, une circonscription ecclésiastique, qui depuis portait son nom.

- *Tat abat*, dit soudain Gradlon, je souhaiterais me recueillir à l'ermitage de Cawrintin. Il se trouve dans les limites de ce *plou*.

- Bien, *breenhin*. Allons-y.

Ils traversèrent rapidement le village composé de huttes serrées autour de l'église protectrice, puis prirent un petit chemin boueux. Après avoir longé quelques champs labourés, ils se dirigèrent vers un bois situé au nord-est de Plou'Mordiern. Arrivés à sa lisière, ils s'engagèrent dans un sentier envahi de ronces et de fougères, qui menait à une grande clairière rectangulaire, traversée par une rivière chantante prenant sa source au niveau d'une minuscule fontaine. Au centre de la trouée, une chapelle en pierre hâtivement construite signalait qu'on se trouvait ici dans un sanctuaire : le lieu où s'était autrefois établi Cawrintin l'Armoricain.

Gradlon-Mawr s'agenouilla près de la fontaine, dans l'herbe encore humide de la surnaturelle tempête qui avait submergé *Caer*-Ys et noyé Dahut, sa fille bien-aimée. Le souvenir de ses malheurs lui arracha un hurlement qui fit trembler Winwaloe. Mais le cri cessa bientôt et Gradlon s'abîma dans un gouffre de silence, à la recherche d'une sérénité à la mesure de son immense chagrin.

L'abbé toucha l'épaule de son compagnon, l'invita à continuer leur marche vers Lan-To-Wennoc.

Le roi se releva lentement et, sans un mot, les deux hommes reprirent leur chemin.

Le vieux souverain et l'immaculé homme de Dieu amorcèrent l'ascension du Myny'Wm.

De sombres floculations célestes engloutissaient peu à peu les flèches que dardait le soleil jusque sur la route pierreuse escaladant le flanc ras de l'éminence sacrée, tandis que les voyageurs s'approchaient de la combe reliant les deux sommets. Les ruines d'Ys la Basse, qu'ils apercevaient encore dans le lointain, disparaissaient progressivement sous la charge d'un horizon trop lourd.

Au loin vers le nord-est, l'ombre se fissurait, couleur de sang. Les feux d'un sacrifice païen venaient de s'allumer dans la nuit surnaturelle. Peut-être une prière à Lug, dont la lance allait toujours droit au but...

– Vois, *breenhin*. Dieu a noirci les cieux et te montre les impies. Châtie-les, ô mon roi ! Il te les montre de Son bras obscur. Il est tout Savoir et toute Puissance. Il te reproche ta trop grande passivité envers ces chiens et te prie de les fustiger.

Gradlon-Mawr était très impressionné.

– Bien, *tat abat*, répondit-il. Il en sera fait comme tu le souhaites. Le sanctuaire d'idolâtrie que révèlent ces lointaines lueurs sera détruit et remplacé par un temple dédié à la Vierge Marie de Tout Remède. Les sectateurs seront passés au fil de l'épée.

Le roi se tourna vers les feux et, levant bien haut ses deux bras, il prononça solennellement :

– Ceci est le second engagement que je prends en mémoire de ma fille et de sa ville.

Aussitôt, la lumière revint.

Le roi de Cornugallia et l'abbé de Lan-To-Wennoc venaient de pénétrer dans la grande forêt qui s'étendait depuis le versant septentrional du Myny'Wm jusqu'aux confins de la terre nouvelle des Bretons. C'était une forêt de chênes noueux et de hêtres centenaires. Les sentes étaient à peine marquées. Les deux hommes traçaient malaisément leur piste au travers de la végétation croissant, se décroisant sous la voûte blondoyante des feuillages automnaux. Le bourdon du Gallois, vigoureusement manipulé, ouvrait le chemin et Gradlon-Mawr suivait, la tête basse, lourde de cauchemars indélébiles. Ils avancèrent ainsi des heures en silence. Puis le soleil se lassa. Les loups et un fragment de lune, acheminés par la nuit, s'approchèrent des voyageurs, les premiers hurlant à la seconde.

Les deux hommes épuisés débouchèrent à la brune dans une grande clairière au milieu de laquelle se serraient une dizaine de huttes pitoyables. Des murs de torchis épaulés par de fins rondins de chêne soutenaient les toitures de genêt, percées au centre pour laisser s'échapper les épaisses volutes noires des foyers.

Winwaloe montrait des signes de nervosité. Il murmura à son compagnon :

– *Breenhin*, éloignons-nous sans délai de cet endroit maudit. C'est le refuge des adorateurs d'Ésus, le faux Dieu à la hache. Vois ces arbres géants qui encerclent la clairière. On y pend des victimes pour cette idole sanguinaire. *Tir colledic!* Lieu perdu! Fuyons!

– Je ne vois, *tat abat*, que les pauvres habitations de quelques malheureuses familles plébéiennes, probablement chassées des terres fertiles par de puissants ennemis.

– Tu ne vois pas le mal, même quand il te nargue, *a ureenhin*.

Gradlon se dirigea vers la plus grande des cahutes.

Un vieillard et une jeune femme l'attendaient, blottis dans l'ombre nauséabonde. Ils s'agenouillèrent à son approche.

– *Mivi yw Gradlon ehofn uab Concar, "Y gwr da" a rodet yn enw arnaw. Breenhin yg Kernyw-Newyd yttwyf. A 'eneth ieuanc, garadwy ha 'wymp, ro cwrwf attaf!* *

Le roi avait parlé lentement dans sa langue natale, en détachant les syllabes. Mais la fille et l'homme de la terre ne semblaient pas l'avoir compris. Il traduisit donc dans leur idiome, si proche du sien et pourtant si différent :

* "Je suis Gradlon sans-peur, fils de Concar qui fut appelé "Le bon". Je suis roi en Nouvelle-Cornouaille. Ô belle et aimable jeune fille, donne-moi de la cervoise !"

Cette phrase est établie en gallois moyen, qui est la langue ancienne connue la plus proche du brittonnique insulaire parlé au VIe siècle.

– Gradlon exobnus "Dago"-Concaricnos immi, Nouio-Gornugalli rix. Geneta iouanta, cara uimpiac, curmi da ! *

Cette fois, le visage des deux hères s'illumina. Ils savaient gré au roi d'avoir fait l'effort de s'adresser à eux dans leur belle langue moribonde. La fille se dirigea vers le fond de l'antre à la recherche d'une potée de bière. Le vieil homme leur fit signe d'entrer.

Gradlon s'apprêtait à répondre favorablement à l'invitation lorsque Winwaloe éclata :

– Comment, *a ureenhin*, tu t'adresses à ces gueux dans leur sale patois, une langue que Dieu lui-même ne connaît pas ? Tu t'abaisses à te servir de l'agent responsable de la transmission des fausses croyances qui enfoncent tous les jours un peu plus ce pauvre pays dans le marigot de l'obscurantisme ?

Le roi se redressa pour répondre solennellement :

– Du calme, *tat abat*. N'oublie pas que tu t'adresses à ton maître, à un père qui a toléré que tu fasses disparaître sa fille au nom de ton Dieu, à un roi qui t'a fait la promesse de tuer quelques-uns de ses sujets parce qu'ils illuminaient les cieux à la

* Même signification que dans la note précédente. Phrase librement composée par l'auteur en gaulois (ou britonnique continental) suivant les recommandations de P.-Y. Lambert (*La langue gauloise*, Errance, 1995), d'après les inscriptions sur terrine de terre de Lezoux, celles sur pierre d'Auxey et de Nevers et celles sur pesons de fuseaux de la région d'Autun et de Sens. "Da" est une forme latine.

recherche du soleil. Maintenant laisse-moi traiter ces misérables comme je l'entends et dans la langue qu'il me plaît d'utiliser !

Winwaloe allait répliquer mais il fut pris de vitesse par son souverain qui ajouta :

– N'as-tu pas remarqué comme les mots se ressemblent d'une langue à l'autre, autant que les hommes qui les prononcent et peut-être autant que les dieux qu'ils invoquent ?... Intolérance EST obscurantisme, *tat abat*.

Le religieux se détourna brusquement de la bouche royale blasphématoire. Il s'écarta des misérables habitations pour aller prier dans un endroit pierreux.

Gradlon-Mawr pénétra dans la hutte. Le Gaulois se saisit du pot de cervoise qu'avait rempli la fille et lui en servit une coupe. Le roi découvrit d'un regard circulaire le fruste ameublement du logis. Trois grabats de genêt et trois rondins encerclaient le sobre rond de pierres où grésillaient des bûches. Près de la porte, une petite table protégeait ses quatre tabourets et, au fond de la cabane, dans un meuble grossier, vieillissaient des fruits secs et l'amphore de la boisson des celtes. Le ciel glissait par le trou central le regard peu compatissant de ses cruelles étoiles et se gaussait de toute cette pauvreté. Mais les gueux avaient pourtant une richesse, celle de leur langue presque morte grâce à laquelle ils pouvaient encore garder le contact avec leurs dieux, presque morts. La fille, qui s'appelait Venitouta Druticna, expliqua à l'étranger, son roi, comment les agressions perpétuelles avaient fait que la langue, jour après jour, s'était réduite au point de devenir une petite flamme vacillante menaçant de s'éteindre au moindre souffle latin. Elle lui dit aussi comment ils étaient venus l'abriter dans l'écrin de ces lieux retirés. Il y avait là des paysans maltraités mais aussi un prêtre de l'ancienne religion et un chevalier revenu seul et sans arme du monde romain. L'homme qui se tenait près d'elle était Drutos Segomaricnos, son père et le chef de la petite communauté.

Gradlon compara son sort à celui de ces malheureux. À grand-peine, ils entretenaient une lueur tandis que lui ne pouvait que se souvenir de la lumière. Et d'autant mieux que Venitouta ressemblait à sa fille d'étonnante façon. L'image de femme qui, là, impressionnait sa rétine se révélait être le négatif presque parfait de celle qui, en permanence, lui occupait l'esprit : Venitouta était aussi brune et tendre que Dahut avait été blonde et cruelle. Les lambeaux de chair mate que laissaient voir les guenilles recouvrant imparfaitement le corps parfait de la Gauloise rappelaient au roi des seins blancs offerts aux regards dans l'échancrure d'un corsage étincelant, des fragments longilignes de cuisses fuselées apparaissant dans les fentes latérales d'une robe, des bras ronds et perlés, une peau sucrée, une texture...

Gradlon-Mawr demanda l'hospitalité pour la nuit, ce qui lui fut accordé. Il mangea le brouet noir qu'avait préparé la fille, puis sortit chercher son compagnon, qu'il trouva profondément immergé dans une oraison plus mystique que spirituelle, des pierres sous les genoux pliés et la tête dans le ciel obscur.

Alors le roi rentra seul. Il occupa le troisième grabat jusqu'à la troisième heure de la nuit, puis rejoignit Venitouta.

Aux gémissements mêlés des deux êtres meurtris s'échappant par l'orifice du toit, se joignirent les marmonnements de l'homme blanc, le chuchotis des feuilles, les cris des bêtes, les mille frôlements de la forêt, et le tout s'éleva dans les ténèbres de la nuit antique.

Ker-Ys

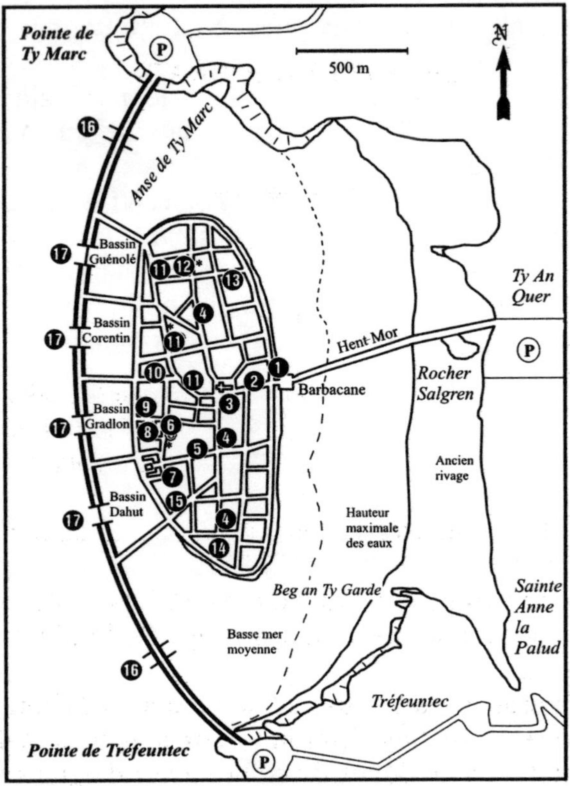

1. Dor-Volz Ar Roue
2. Rue de la Ville
3. Église Saint-Corentin
4. Rue Gradlon
5. Rue du Roi Marc
6. Rue des Palais
   (* Café "Aux deux palais")
7. IRLCD, ex-palais de Dahut
8. Hôtel de Ville, ex-palais de Gradlon
9. Capitainerie
10. Rue du Piot
11. Rue Bleue
    (* Herboristerie)
12. * Cinéma "La Sirène"
13. Rue Morgane - Logement de Nervèze
14. Cité Malgven - Logement de Le Moigne et Le Bihan
15. Rue du Bateau Mort
16. Écluses extérieures (automatiques)
17. Écluses des bassins (semi-automatiques)

PREMIÈRE PARTIE

LA MORT DE SOCRATE

1

Mercredi 10 octobre 2001
Vers 8 h 30
Kerrouanez

" ...Et le tout s'éleva dans les ténèbres de la nuit antique."

Le regard de Quentin se détacha des mots pour suivre le papillonnement des plages de lumière sur sa page...

En effet, s'étant enfin décidé à percer la couche de *morenn*, ce "fog" breton si particulier, le soleil matineux de ce début d'octobre avait daigné déléguer son pouvoir à quelques rayons éclaireurs...

Des rayons qui, après un bref voyage de huit minutes, s'étaient faufilés à travers les persiennes bleues du gîte de Kerrouanez...

Des rayons qui maintenant libéraient des papillons de lumière sur les pages du livre de Quentin.

Le jeune homme les emprisonna.

Puis il releva son long torse maigre en bâillant et jeta un regard circulaire dans sa petite chambre engorgée où des polars s'élançaient en colonnes branlantes vers l'infâme plafond flavescent, où des ouvrages historiques et philosophiques jonchaient le dallage caramel, où béaient des placards sans porte dans lesquels l'intégrale de Buck Danny accompagnait les 543 premiers numéros du *Journal de Mickey*... Une telle quantité de bouquins, classeurs et papiers divers couvraient les murs que l'on ne distinguait plus le motif de la tapisserie, ce qui valait d'ailleurs mieux. Divers objets innommables s'empilaient sur la grande table en Formica qui faisait généralement office de bureau, mais savait aussi se transformer parfois en lit d'amour... pressé. Au total, ce n'était pas un franc désordre, mais plutôt une manière de rangement personnalisé.

Satisfait de son coup d'œil, il se leva d'un bond, se coula dans son jean bimensuel et couvrit sa maigre poitrine de tousseux du sweat hebdomadaire, décoré d'un Obélix débonnaire. Il traversa au pas de course un salon qu'ancrait une gigantesque cheminée antédiluvienne, un salon aussi engorgé de bouquins que l'était la chambre et où trônait, au centre d'une étagère réservée, un Rabelais illustré du XVIIIe siècle qu'il avait payé un prix fou lors d'une vente spécialisée à Quimper. Il se prépara dans le coin cuisine un bol de café qu'une fois chaud il conduisit dans la salle à manger attenante pour y tremper ses deux tartines-beurre-demi-sel-plusconfiture-de-mûre-faite-par-maman. On a ses habitudes. Un petit coup d'eau fraîche sur le duvet facial mode Gainsbourg et le voilà parti.

Il faisait tout de même un petit peu frais. Quentin, sur sa bécane crottée, s'approchait déjà de Plonévez-Porzay. Allait-il prendre un deuxième petit café chez Josiane ? "Non, pas le temps. J'ai du boulot qui m'attend et la conf' d'Antoine cet après-midi. Pas question de lambiner." Il traversa donc le bourg sans s'arrêter, en lançant un petit salut à deux ou trois connaissances. Direction Sainte-Anne-la-Palud puis Ty An Quer, d'où il s'engagea sur la chaussée d'Ys, baptisée *Hent-Mor*, le chemin de la mer. Elle ne comportait que deux voies : une piste cyclable et une voie large à circulation alternée pour les rares véhicules motorisés pouvant pénétrer dans la ville : camions de ravitaillement, bus, ambulances, etc. Il roula sur environ 500 m, pénétra sous l'imposante barbacane qui fortifiait l'entrée d'Ys et protégeait la Porte du Roi (*Dor-Volz ar Roue*). Cet ouvrage du XVᵉ siècle se composait d'un épais mur crénelé de forme carrée, percé de meurtrières. Quentin traversa l'ancienne place d'arme située en avant de la Porte, puis se faufila entre la guérite du cerbère de service et la barrière qui permettait de filtrer l'entrée des véhicules à quatre roues et enfin s'engagea dans la Rue de la Ville.

Dès les premières maisons s'affirmait une architecture composite, de tous styles, de toutes époques, et homogène pourtant. Par les pierres d'abord : diorite jaune de Logonna-Daoulas constituant le corps de presque tous les bâtiments d'Ys, depuis les antiques soubassements des anciens palais jusqu'au faîte des immeubles dix-neuvième, et fine kersantite noire, extraite également dans la région de Daoulas, la reine des pierres, piquetant les angles et les coins de rues de têtes de monstre, de mort, de dragon, de cheval. En particulier, le chef du cheval Morvarc'h était reproduit à l'infini. Par ses innombrables yeux micacés, qui brillaient au soleil et pleuraient sous la pluie, l'ancien compagnon pétrifié de Malgven, de Gradlon et de Dahut se gorgeait de vie dans sa ville ressuscitée. Architecture homogène aussi par un ton indéfinissable. Un quelque chose de marin, peut-être, auquel se mêlaient une couleur d'automne et une odeur de légende.

Quentin roula jusqu'à l'église puis tourna à gauche dans la rue principale : la Rue Gradlon, comme il se doit. Il prit ensuite à droite la Rue du Roi Marc qu'il suivit jusqu'à l'Institut, situé près du Bassin méridional. L'IRLCD (Institut de Recherche sur les Langues et les Civilisations Disparues) était bâti, paraît-il, à l'emplacement de l'ancien palais de la princesse Dahut. Paix à son âme tourmentée! Quentin rangea sa bicyclette dans le petit abri *ad hoc*. Il n'y avait pas de parking à Ys parce qu'il n'y avait pas de voiture. Les chercheurs et les étudiants, comme d'ailleurs tous les habitants ou visiteurs de la cité marine, pénétraient dans la ville à vélo ou en bus par l'entrée principale, ou encore garaient leur véhicule à l'une des extrémités de la Grande Digue.

Dans ce dernier cas, ils poursuivaient à pied ou à bicyclette sur la digue, puis empruntaient l'une des chaussées séparant les bassins. La balade était superbe et, à la belle saison, nombreux étaient ceux qui choisissaient cette option.

L'IRLCD était une antenne de l'Université de Bretagne Occidentale dont le siège était à Brest. Il s'agissait d'une composante autonome ayant sa propre administration et un directeur aux compétences bien plus importantes qu'un simple doyen d'UFR. Le personnel de l'Institut était constitué de chercheurs CNRS et d'enseignants-chercheurs, Maîtres de conférences ou Professeurs, qui assuraient leur service d'enseignement en partie à la fac des lettres de Quimper et en partie à Ys. Ils étaient épaulés par de nombreux ingénieurs et techniciens de haut niveau, ainsi que par des étudiants en thèse, plus connus sous les noms de thésards, tricyclards ou esclaves, au choix. L'Institut était composé de trois bâtiments à un étage. Deux édifices en forme de L se faisaient face pour former un fer à cheval au centre duquel se situait une bâtisse rectangulaire. Chacun d'entre eux abritait une unité de recherche indépendante : le bâtiment sud (en L) était dédié aux "Villes disparues", le bâtiment septentrional (en L renversé) aux "Langues disparues" et enfin la construction centrale aux "Civilisations disparues et techniques archéologiques". Au rez-de-chaussée des trois bâtiments, il y avait les laboratoires de recherche, les salles d'enseignement et les amphis ainsi que les bureaux du personnel administratif, ceux des chercheurs et du personnel technique se trouvant à l'étage. Quentin pénétra dans la bâtisse rectangulaire et prit l'escalier pour rejoindre son bureau, situé dans le coin nord-ouest. Il rencontra son directeur de thèse dans le couloir.

– Alors Quentin, toujours du mal à te réveiller ?

– M'en parle pas, répondit le thésard en se frottant les yeux. Dis-moi, grand chef, t'as avancé la rédaction de notre article commun ? Moi, j'ai fait ma part de boulot. C'est toi le premier auteur, c'est donc à toi de le finaliser...

– Je sais, je sais, grommela l'interpellé, mais je n'ai pas que ça à foutre, mon pauvre vieux. Et toi, où t'en es de l'exploration de ton caillou ? As-tu identifié toutes les traces ? C'est bien l'empreinte du gros Robert dans le troisième niveau ?

– Attends, Olivier, j'ai presque terminé. Il me reste seulement quelques photos à débrouiller. On fait le point en fin de semaine, si tu veux bien.

Olivier Barbouquet était un grand barbu tout rose, une sorte de labrador bien inoffensif... Du moins tant qu'on le laissait ronger son os en paix. Quentin et lui étaient paléontologues, les seuls de l'IRLCD. Directeur de Recherche au CNRS, Barbouquet était antérieurement basé au département des Sciences de la Terre de Rennes I. Il avait demandé son rattachement à cet antre de lettreux d'abord par anticonformisme et pour s'isoler de ses chers collègues dont il ne supportait plus l'onctueuse perfidie, ensuite et surtout par intérêt scientifique. En effet, l'unité de recherche qui l'hébergeait possédait les meilleurs spécialistes mondiaux des techniques archéologiques. Comme les archéologues et les paléontologues font souvent appel aux mêmes outils, c'était donc pour pouvoir profiter des compétences locales et du matériel de pointe installé au rez-de-chaussée du bâtiment central qu'il avait décidé, deux ans plus tôt, de s'installer dans cette ville. Et depuis, il bouchonnait, il triturait, il grattouillait ses fossiles avec une jouissive efficacité. Quentin, lui, avait commencé sa thèse l'année précédente, séduit par l'homme et par sa démarche originale.

Le jeune scientifique poussa la porte de son bureau. La petite pièce était imprégnée de l'esprit de Kerrouanez, qui se matérialisait sous forme de bouquins (moins de BD et plus de science) et de grains de poussière. Il fallait y ajouter deux chaises à roulettes et un bureau, sur lequel se coudoyaient un ordinateur et un microscope polarisant surmonté d'une caméra vidéo. Mais l'objet de toute la dévotion de Quentin, la chose vers laquelle se vrillait son regard à chaque fois qu'il pénétrait dans son bureau, reposait sur une épaisse feutrine disposée dans une grande boîte non recouverte : c'était un échantillon de grès de l'ordovicien inférieur de la Presqu'île de Crozon, dont la taille ne dépassait pas quelques dizaines de centimètres. Il n'en restait qu'une moitié intacte, l'autre partie ayant été découpée en tranches afin de préparer des séries de lames minces pour les études microscopiques. Ce fragment de roche, que Quentin avait nommé "fossile à continuité temporelle", consistait en la pétrification d'une succession de dépôts de tempête qui avaient pour caractéristique de s'être formés extrêmement rapidement. À la base de l'échantillon, il y avait un petit niveau argileux constitué de sédiments fins originellement déposés dans une mer calme et peu profonde. On pouvait y observer des traces de brachiopodes, d'annélides, de trilobites et d'échinides. Ce niveau était surmonté de trois couches gréseuses plus épaisses, montrant des stratifications entrecroisées et autres caractéristiques d'une sédimentation en milieu très agité. On y découvrait également de nombreuses traces fossiles. Chacune de ces strates gréseuses ou "tempestites" était séparée de sa voisine par un niveau infracentimétrique à granulométrie plus fine : les éclaircies entre les tempêtes. Ce qui rendait cet échantillon tout à fait exceptionnel, c'était le fait que les empreintes visibles dans les tempestites correspondaient aux traces de fuite des mêmes animaux que ceux qui avaient laissé leur marque dans la couche argileuse de mer calme, très légèrement plus ancienne. À chaque tempête, les bestioles, soudain recouvertes de sable, s'étaient vues dans l'obligation de traverser le dépôt pour retrouver la mer libre. La qualité de la fossilisation était telle qu'il était possible de reconnaître les individus ayant laissé des traces dans les différentes couches, comme autant d'empreintes digitales. Quentin leur avait même donné des noms : il y avait le gros Robert, le trilobite qui marchait de travers, Charlot le brachio, avec sa banane sur la valve, ou encore Lulu, l'annélide chevelu. Certains d'entre eux, comme Lulu, s'étaient tués au cours de cette tragique aventure diluvienne, comme en témoignaient certaines marques statiques abandonnées au bout d'un chemin de vie, au milieu d'un niveau gréseux. Le sujet de la thèse de Quentin était de caractériser chronologiquement ces événements, instantanés à l'échelle géologique. C'est-à-dire de raconter minute par minute, seconde par seconde la succession de trois tempêtes survenues 470 millions d'années plus tôt. Pour cela, il devait évaluer les vitesses de sédimentation et les comparer à la vélocité théorique des différents animaux afin d'en tirer des conclusions sur la cause de la mort de tel ou tel individu d'une espèce donnée, sur la dynamique des tempêtes, etc. Il n'en était pas encore à ce stade. Actuellement, il était en train d'achever l'identification des traces fossiles. Comme il y en avait des centaines, plus ou moins enchevêtrées et dont la taille variait de plusieurs centimètres à quelques microns, cette première phase de son travail de recherche lui avait pris un an. Mais bientôt allait commencer la partie follement excitante de son boulot, la véritable Grande Aventure : la plongée dans l'instant paléozoïque.

Quentin s'était accoudé à la fenêtre et admirait le spectacle unique de la Grande digue et des quatre bassins mythiques dans la lumière de l'automne. La marée était descendante. L'écluse du bassin Corentin s'était ouverte pour laisser passer *La Ville Basse*, la vedette qui permettait la liaison avec Morgat et

Brest. Il y avait peu de monde sur les quais. La brume ne s'était pas encore entièrement levée. Pour qui aurait voulu peindre le panorama que Quentin avait sous les yeux, trois couleurs auraient suffi : du gris, du bleu et du jaune. Avec beaucoup d'eau.

Quentin se disait parfois qu'il ne pourrait jamais s'éloigner de Ker-Ys.

13h30

– Tu vas où, Quentin ?

C'était Nolwenn. Brunette à la coiffure spirale et aux jambes fusées. Habillée simple et juste. Lumineuse, en bleu et jaune.

Elle préparait sa thèse dans le bâtiment "Villes disparues". Son activité de recherche n'était pas sans rappeler celle de Quentin : elle reconstituait les derniers moments d'un couple de Pompéi qu'on venait de découvrir enlacé près du cadavre d'un homme tombé sur un couteau. Instant enfoui sous la cendre de l'éternité un jour maudit de 79. Étincelle de l'instant, glacée.

– Ma chère beauté transcendante, je m'en vais prendre un café, répondit Quentin. Et ensuite... Tiens, regarde.

Il montra à son amie une grande affiche annonçant en lettres baveuses :

"*Les derniers instants de Socrate*, spectacle-conférence organisé par le Professeur Antoine de Nervèze et ses étudiants, à 14 heures au Grand Amphi, bât. Villes disparues de l'IRLCD. Gratuit et ouvert à tous !"

– Oui. Il m'en avait parlé, fit Nolwenn d'un air étrange.

– Tu m'accompagnes ?

– Non, j'ai trop de boulot. Tu sais, je me demande si l'amant pompéien était bien l'assassin du suriné... C'est peut-être plus compliqué que ça.

– Ma douce détective des amours enfouies, roucoula Quentin en tentant de l'embrasser. Mais la fille, tout de grâce vêtue, s'enfuit en trillant.

13h40

"Encore 20 minutes à attendre", pensa Quentin. Il se trouvait près du distributeur de boissons, à l'entrée du bâtiment "Villes disparues". Nervèze avait choisi le plus grand amphithéâtre de l'Institut pour son spectacle : 600 places. Il n'y aurait sans doute pas plus de 100 spectateurs, ce qui ne serait déjà pas si mal. Quentin aimait bien ce loufoque d'Antoine, même s'il en faisait toujours des tonnes. À chaque rentrée universitaire, il fallait qu'il invente quelque chose de nouveau. Cette année, il avait décidé de mettre en scène la mort de Socrate. Il s'agissait en fait de l'adaptation de la dernière partie d'un dialogue platonicien que Quentin adorait. C'était d'ailleurs cet amour commun pour Platon qui avait rapproché le paléontologue et l'helléniste.

Le café avait un drôle de goût.

13h55

Quand il pénétra dans le Grand Amphi, il y avait déjà beaucoup de monde. À l'extrémité gauche de la grande estrade, laquelle était pour l'occasion dépourvue du sempiternel bureau professoral, étaient disposés de nombreux coussins et des tapis. Une petite table basse complétait ce fruste mobilier. La partie centrale de la tribune était entièrement vide. Quant à son extrémité droite, elle était meublée seulement de deux tabourets. L'assistance semblait être composée essentiellement d'étudiants en grec que Quentin ne connaissait pas, à l'exception de deux ou trois thésards qu'il fréquentait occasionnellement. Il y avait aussi quelques membres non hellénistes de l'Institut, amateurs du fantasque Nervèze, ainsi qu'une poignée de quidams attirée ici par les affiches bigarrées qu'Antoine et ses sbires avaient disséminées dans toute la ville. Quentin s'installa sur une travée déserte, au milieu de l'amphi, juste derrière le dernier rang de spectateurs.

Le cliquètement des mains s'impatientant sur les pupitres couplé au froissement des voix qui lui parvenaient assourdies par la moiteur ambiante fit naître chez Quentin une étrange sensation de malaise.

La lumière, soudain, s'éteignit dans l'amphi, sauf sur l'estrade qui continua à baigner dans une semi-clarté toute philosophique. Un grand silence accueillit l'entrée d'Antoine. Mais il fit rapidement place à un murmure admiratif, justifié par la vision d'un grand barbu à la toison frisottée, majestueusement drapé dans une étoffe purpurine extrêmement peu socratique, et qui s'avançait nu-pieds, lentement, vers le centre de la tribune.

Antoine de Nervèze s'immobilisa face à la foule et resta ainsi, silencieux, pendant plusieurs minutes. Il avait le maintien hiératique des hommes qui savent et qui voient au-delà des apparences. Statue dressée dans le silence revenu des sectateurs sarcastiques. Mais tout le monde jouait le jeu, c'est-à-dire attendait, en retenant ses éclats.

Il prit la parole.

2

Mercredi 10 octobre 2001
14 heures
Grand Amphi de l'IRLCD

“Nous allons vous présenter, en mémoire de Socrate mort voici exactement 2 400 ans, une adaptation de la dernière partie du dialogue intitulé le Phédon. Cette œuvre poétique, émouvante, est certainement l'une des plus belles de Platon. Mais elle a été, comme vous ne l'ignorez certainement pas, salement bigornée par ce mâche-laurier de Lamartine...

Suite à ces déplorables paroles d'Antoine de Nervèze, une partie de l'auditoire se leva en huant le maître et en poussant des cris indignés. Les néoromantiques menacèrent même de quitter la salle à la prochaine provocation.

Mais tout rentra progressivement dans l'ordre et l'homme continua de la sorte :

– La mort du philosophe est racontée par un témoin, Phédon d'Élis, à l'un de ses amis, Échécrate de Phlionte, au cercle pythagoricien de cette dernière ville. Échécrate, ainsi que les disciples présents à la mort de notre ami, seront interprétés par vos camarades. J'appelle donc Échécrate, Phédon, Apollodore, Hermogène, Criton, Critobule...

À l'appel de leur personnage, les étudiants entrèrent dans l'amphi en tenue citoyenne : vêtus d'un *chitôn* descendant jusqu'aux genoux, ils se présentèrent, sandales lacées aux pieds, drapés dans une sorte de grand châle oblong, l'*himation*.

– Le rôle de Phédon sera tenu par Jean, reprit Antoine de Nervèze, qui sera à la fois acteur et narrateur et se déplacera donc alternativement de la scène de gauche, figurant la prison athénienne de Socrate, à celle de droite, qui représente le cercle de Phlionte. Quant à Socrate, j'aurai l'immense privilège de mourir dans son sobre et noble *tribôn*.

Nervèze-Socrate salua son public, imité par ses étudiants-disciples. Des rires fusèrent depuis les rangs hellénistes. En effet, la soierie pourpre dont avait jugé bon de se revêtir le docte savant ne rappelait en rien le *tribôn* spartiate, à l'origine une sorte de manteau court d'étoffe grossière. Quentin lui-même esquissa un sourire bienveillant.

Le Professeur de Nervèze termina son exorde par un petit morceau de bravoure :

– D'avance, nous sollicitons votre longanimité, que nous savons grande, pour les défectuosités qui, inévitablement, grèveront notre improbable stichomythie en prose : *Miserere nobis*.

Cette fois, tonnerre d'applaudissements. Ce fut le délire dans l'amphi. Tout le monde se leva en battant des mains et des pieds :

– Ouais ! Génial ! entendit-on. On t'aime, Antonin ! Bis ! Bis ! Nous serons l'indulgence même !

Rose de plaisir, Nervèze s'empressa de disposer son monde. Lui-même s'assit au milieu de ses disciples, dans la partie gauche de l'estrade. L'étudiant portant la défroque de Phédon ainsi que celui qui devait incarner son ami Échécrate s'installèrent sur les tabourets de la scène de droite.

La représentation allait commencer. Quentin était impatient de voir son ami à l'œuvre. D'un brutal revers de paupière, il enfouit au plus profond de ses circonvolutions les pensées délétères qui s'étaient insinuées en lui avant l'apparition d'Antoine, avec la prétention de gâter son plaisir. Une fois le terrain dégagé, il apprêta son attention.

Il était temps : le spectacle débutait.

Scène de droite : Échécrate et Phédon.

– *...Et c'est par ces sages paroles que Socrate termina son discours, ô Échécrate, dit Phédon. Après un long silence, Criton lui demanda s'il n'avait pas quelques recommandations à faire :*

Scène de gauche : Socrate et ses disciples.

– *Eh bien ! Ô Socrate, que nous prescris-tu, à moi et à tes autres disciples, au sujet de tes enfants ou de tout autre chose ? Nous ferons tout ce que tu souhaites afin de t'être agréable.*

– *Rien d'autre que ce que je dis depuis toujours, ô Criton. Si vous avez soin de vous-même, alors, quoi que vous fassiez, vous me ferez plaisir, ainsi qu'aux miens et à vous-même, même si vous n'en convenez pas maintenant. Par contre, vous ne ferez rien d'avantageux si vous vous négligez et si vous ne voulez pas vivre conformément à mes préceptes, tels que formulés aujourd'hui et dans le passé.*

– Nous suivrons tes conseils, ô Socrate, assura Criton. Dis-nous maintenant comment nous devons t'ensevelir.

– Comme vous vous voudrez, répondit Socrate, si vous parvenez à me saisir...

Antoine de Nervèze était étincelant. Son jeu était sobre, sa diction parfaite. Les étudiants qui l'entouraient prenait eux aussi visiblement beaucoup de plaisir à interpréter leurs personnages. Les spectateurs étaient sous le charme.

Scène de droite.

– Socrate voulait dire que dès l'instant où le poison aurait fait sa sinistre besogne, son âme s'échapperait vers le paradis des sages, assura Phédon. Il dit à la nuée d'éphèbes qui l'entourait :

Scène de gauche.

– Certifiez à Criton le contraire de ce que qu'il affirma aux juges, ô mes amis : il leur a garanti que je ne m'enfuirais pas, assurez-lui que je ne demeurerai pas ici, une fois mort. Qu'il ne me pleure pas, en gémissant que Socrate n'est plus. Socrate sera, ô Criton, mais ailleurs. Quant à mon corps, faites-en ce qu'il vous plaira.

Scène de droite.

– Et que répondit Criton ? demanda Échécrate.

– Rien, murmura Phédon, troublé. Rien. Il suivit Socrate quand celui-ci passa dans l'autre pièce pour

prendre son bain. Quant à nous, nous attendîmes en méditant ses sages paroles. Mais nous ne pouvions pas nous persuader qu'aucun malheur ne nous frappait, ce dont pourtant cherchait à nous convaincre l'homme assurément le plus à plaindre au monde. Nous nous sentions sur le point de devenir orphelins, et nous ne pouvions rien faire pour l'empêcher, puisque la victime elle-même était consentante. Quand Socrate eut pris son bain, on lui amena ses enfants et ses proches parents. Après les avoir consolés, il leur demanda de se retirer et revint nous rejoindre.

Cependant que Phédon racontait à son ami la scène dont il avait été le témoin, les personnages de son récit en mimaient les actes. Socrate-Nervèze était impérial dans son rôle de sage déjà loin des contingences du monde qu'il s'apprêtait à quitter.

– Le soleil était près de se coucher, continua Phédon, quand le serviteur des Onze se présenta :*

Scène de gauche.

– Tu sais ce que je viens t'annoncer, ô le plus doux des hommes. Je suis persuadé que tu ne m'en veux pas, moi qui ne suis responsable que de l'accomplissement d'une injuste sentence. Tâche de bien mourir, ô mon ami, comme tu as si bien vécu, dit-il en se retirant, en larmes.

* Préposés à la surveillance des prisons et à l'exécution des sentences capitales.

– Voyez cet honnête homme, dit Socrate, avec quelle générosité il me pleure. Allons, obéissons-lui. Qu'on m'apporte le poison.

– Mais tu as encore le temps, ô Socrate, gémit Criton, le plus fidèle des fidèles. Le voile de la nuit ne s'est pas encore étendu sur la ville. Ne te presse pas. Viens, allons dîner. Viens, ô mon ami, mon maître, sanglota-t-il en se jetant à terre.

– Allons, relève-toi, Criton. Je ne tiens pas à me ridiculiser à mes propres yeux et aux vôtres en cherchant à épargner quelques heures de vie, une chose que je méprise et qui ne m'appartient déjà plus.

Scène de droite.

– À ces mots, racontait Phédon, Criton fit un signe à son esclave. Celui-ci sortit, pour revenir peu de temps après avec l'homme qui était chargé de donner le poison. Ce dernier tendit la coupe létale au philosophe.

Scène de gauche.

– Que dois-je faire ? s'enquit Socrate.

– Promène-toi quand tu auras bu et, lorsque tu sentiras tes jambes s'alourdir, tu te coucheras.

– Puis-je en verser quelque peu en libation à un dieu ?

– Non, ô Socrate, nous n'en broyons que le strict nécessaire, répondit l'homme.

– Je comprends. Mais il est tout de même possible de prier les dieux afin qu'ils favorisent mon transfert de ce monde à l'autre, dit Socrate très calmement en vidant sa coupe.

Les étudiants-disciples simulaient la plus grande des afflictions. Certains se voilaient la tête, d'autres gémissaient à genoux, d'autres encore, comme Apollodore, hurlaient. Nervèze-Socrate, suivant à la lettre les instructions qui lui avaient été données, se promenait tranquillement d'un bout à l'autre de la scène. Au bout de quelque temps, il dit que ses jambes s'alourdissaient et il s'allongea. L'étudiant jouant le rôle du bourreau s'approcha de lui et l'examina. Il pinça les pieds de Socrate et lui demanda s'il ressentait quelque chose. Nervèze répondit que non. Déplaçant ses mains vers le haut des membres, l'homme fit voir aux disciples que le corps se raidissait et se refroidissait :

– Le cœur va bientôt se figer et Socrate s'en aller, dit-il.

Nervèze, lentement, fit glisser le voile qu'il avait disposé sur sa face et dit d'une voix presque inaudible :

– Ô Criton... nous devons... un coq... à Asclèpios... Donnez-le-lui... Ne l'oubliez p...

– Je ne l'oublierai pas, ô Socrate. As-tu d'autres recommandations à nous faire ?

Nervèze ne répondit pas.

Scène de droite.

– Ainsi survint la fin de notre compagnon, ô Échécrate, dit Phédon, la fin de celui qui fut, à n'en pas dou-

ter, parmi les hommes que nous avons fréquentés, le meilleur, le plus sage et le plus juste.

Un tonnerre d'applaudissements salua cette dernière tirade. Les spectateurs s'étaient levés. Tous les acteurs étaient également debout et saluaient le public. Tous... sauf Nervèze, qui restait allongé. Intrigué, Jean-Phédon se pencha vers lui. Il l'examina, le secoua. Quand il se leva, il était blême.

– Je... Je... crois qu'il est mort, dit-il.

3

Jeudi 11 octobre
9 h 30, route menant à Ker-Ys

Bruno ne décolérait pas. Il n'avait pas demandé à se retrouver dans ce foutu pays plombé.

Il menait sa BMW comme une fusée sur la route battue de pluie, en filant le tracsir à tous les vieux croulants de Locronan et à toutes les vieilles ridées de Plonévez. Mais il s'en tapait, le lieutenant Krafft. Qu'ils aillent aux p'lotes, ces culs-terreux !

Tiré du pieu aux aurores par la voix de ce nuisible de Fabian sifflant ses ordres au bigophone, il avait dû se rendre au pas de course au commissariat de Quimper. Et là, bien sûr, après le couplet rituel sur sa tenue négligée, il eut droit à la minute de mépris avant que le commissaire ne daignât enfin lui expliquer l'embrouille. Un sacré merdier. Un connard d'intello avait, paraît-il, trouvé bon de se faire escoffier devant cent loquedus, dans cette prétentieuse et improbable ville d'Ys dont on parlait tant et qui donc lui répugnait par principe. Et c'était lui, Bruno Krafft, le brillant lieutenant de police viré de sa chère banlieue nancéienne pour indiscipline, qui allait devoir se cogner le boulot. Saloperie !

Il s'approchait de Ty An Quer et s'apprêtait donc, pour la première fois depuis son arrivée en Bretagne deux mois plus tôt, à s'engager sur la chaussée marine d'Ys. Quand il vit la ville jaune, nimbée de gris et baignant dans le bleu :

– Ouah ! C'est pas banal, dit-il.

Il parcourut le *Hent-Mor* à une allure de sénateur, malgré lui impressionné par la gigantesque masse aux pieds humides qui lui faisait face. Le collègue Le Moigne, silhouette jaune ciré, rouquin, (pas gros mais) enveloppé, au double menton et à la face perpétuellement ensoleillée, l'attendait dans un crépitement de gouttes rebondissantes devant une grande statue équestre qui menait veille éternelle à l'entrée de la Barbacane. Quand Bruno eut baissé sa vitre, l'homme glissa ces trois mots nécessaires entre les hallebardes :

– Enfin te voilà !

– T'es là depuis longtemps ?

– Pas très, dit-il en se faufilant dans la bagnole. Allez, avance jusqu'à la barrière. Stop ! Tiens, glisse cette carte magnétique dans l'encoche qui va bien.

– Dis donc, fit Bruno en allongeant le bras à l'extérieur, il semble qu'on ne rentre pas comme on veut dans ce bled ?

– C'est une ville protégée. Normalement, les véhicules motorisés privés n'y ont pas accès.

– Ouais. Réserve d'intellos inadaptés au monde moderne, répliqua le Lorrain. On devrait les laisser s'entre-tuer.

Ils franchirent l'entrée sous le regard indifférent du garde qui, connaissant Le Moigne, se contenta de les saluer du menton.

– C'est quoi ces gargouilles ? demanda Bruno en désignant à son collègue les têtes pétrifiées jaillissant des murs bordant la Rue de la Ville.

– Ce sont les personnages des multiples légendes de la contrée.

– Bouffonneries !

– L'œil était dans la pierre et regardait...

– Tu vas la taire, ta gueule ? explosa Krafft. Dis-moi plutôt où s'trouve ce foutu réservoir à lopettes.

– Oh, du calme !

Bruno jeta un œil en coin sur la trogne du bon copain Jacky.

– Excuse-moi. Je suis à cran ce matin.

Et Jacky pardonnait toujours :

– Ça ira mieux après un petit noir, fit-il. Tu poursuis la rue principale jusque... Là ! Tu prends à droite maintenant, puis tu continues jusqu'au bout. C'est bon, on y est. Le directeur de l'Institut nous attend dans son bureau.

Il descendirent en même temps. L'un fit claquer la portière, l'autre la referma délicatement. De taille moyenne tous les deux, ils étaient pourtant parfaitement dissemblables. Jacky était habillé, rasé et peigné avec soin : pompes cirées perméables, costard-cravate et raie à gauche sous un ciré ruisselant. Bruno, lui, était efflanqué comme un loup à la sortie de l'hiver et godillé comme l'as de pique. Depuis des grolles dégueulasses de docker, s'élançait un jean délavé et déchiré vers une pelure en cuir noir écaillé, au pinacle duquel brillait l'extrémité d'une gitane maïs, ceinte d'une courte barbe sombre. Et des yeux ardoisés, sous une tignasse en broussaille, brûlaient.

Devant eux, les murs extérieurs de l'IRLCD, élevés sur de légendaires fondations palatines, témoignaient par la diversité de leurs ornements de l'incroyable brouillamini dans lequel s'enchevêtraient les fils de l'histoire de Ker-Ys : aux frises et décors de feuillages d'âge indéterminé succédaient des saillants sculptés à l'époque romane, puis il y avait au-dessus, à côté, quelques niches désertées par leur habitants gothiques, sous une corniche segmentée soutenue par des modillons Renaissance. À différents niveaux s'ouvraient des fenêtres en plein cintre, en ogive, à meneaux ainsi que quelques baies vitrées. Le tout était coiffé de toits d'ardoises guidant la pluie vers les larmiers dégoulinants.

Le bureau du directeur de l'IRLCD se trouvait au rez-de-chaussée à l'entrée du bâtiment abritant l'unité de recherche “Langues disparues”. Dès que les deux policiers se présentèrent à la porte, celle-ci s'ouvrit et une tête de fouine apparut dans l'entrebâillement.

– Ah, vous voilà, dit-elle. Entrez, entrez. Je vous attendais avec impatience.

Bruno pénétra dans une pièce spacieuce et bleutée en faisant lourdement sonner ses croquenots, suivi d'un Jacky trotte-menu. Le directeur était un homme nerveux, remuant continuellement ses longues mains effilées et sa trombine de nuisible (encore un, pensa Bruno), extrémités qui d'ailleurs semblaient très mal s'adapter au reste du corps, gigantesque et peu mobile. Il les invita à s'asseoir et lui-même s'affaissa dans son fauteuil ministériel, derrière un immense bureau parfaitement nickel ayant pour unique fonction d'impressionner le quidam.

– Mes amis, susurra-t-il de sa voix de faux-cul, la situation est gravissime. Vous vous rendez compte ? L'un de nos meilleurs philologues assassiné dans ces conditions grand-guignolesques...

– Je ne vous le fais pas dire, lança Bruno, en fixant l'affreuse statue cireuse au gros nombril, probablement antique et chère, sise sur son large pétrousquin au sommet d'une bibliothèque, au fond de la pièce.

– Quoi qu'il en soit, s'énerva le directeur, j'exige que vous régliez cette sinistre affaire dans les huit jours.

– Monsieur... commença un Bruno pivoine. Mais Jacky, craignant le pire, lui coupa la chique :

– Nous ferons de notre mieux, soyez-en certain.

– Je n'en doute pas. Par quoi allez-vous commencer ? Le meurtre ne fait aucun doute, n'est-ce pas ? Quand aurez-vous les résultats de l'autopsie ? Vous me tiendrez au courant des développements, n'est-ce pas ?

– Peut-être, n'est-ce pas ? grogna Bruno en se levant. Tu viens, Jacky ?

– Nous nous rendons sur les lieux du drame, monsieur le directeur, répondit Le Moigne qui s'apprêtait à suivre son collègue, déjà sorti de la pièce. Il s'agit probablement d'un meurtre, en effet, mais nous en saurons plus demain matin, quand nous aurons les résultats de l'autopsie. Vous serez tenu au courant.

Il s'éclipsa lui aussi, laissant le pauvre directeur seul avec ses paluches nomades et sa binette giratoire.

Les deux policiers pénétrèrent dans le bâtiment d'en face. Ils firent une halte au distributeur automatique de boissons chaudes, situé à l'entrée.

– Quel sale connard ! éclata Bruno. Comme s'il avait quelque chose à exiger de nous.

– Mets-toi à sa place, répondit Jacky en sirotant sa lavasse. Il est dans le pétrin jusqu'au cou. Cet institut n'a que quatre ans d'âge. Le type a dû se battre pour imposer aux décideurs locaux le concept d'un grand centre de recherche entièrement dédié à l'archéologie et à la philologie. Tu sais, ça n'a pas été évident. Pas plus d'ailleurs que de les convaincre de le bâtir ici, à Ys. Cette cité était auparavant une sorte de ville-musée inerte et sans sève, entre les mains ankylosées de vieillards bourrés de fric. Si elle a retrouvé une raison d'être, c'est en partie grâce à cet homme. Suite à cette installation, la ville s'est peuplée d'une communauté plus jeune, plus diversifiée, plus dynamique. Et pas seulement composée d'universitaires, comme tu pourrais le croire. Moi, j'y habite, par exemple.

– Et alors, quel rapport avec la mort de ce conoïde de Nervèze ?

– C'est un très mauvais coup pour l'image de la boîte, continua Jacky. Surtout vu la manière dont ça s'est passé. Les crédits de fonctionnement et de recherche dépendent pour beaucoup de la bonne volonté de mécènes privés, très sensibles à cet aspect des choses.

– Ouais. Bon. Je m'en fous. On va à l'amphi. C'est où ?

Jacky, qui connaissait un peu les lieux, le guida vers le Grand Amphi.

– C'est donc ici qu'il est mort ?

Les deux hommes étaient seuls au centre de l'estrade. Jacky gardait le silence. Contrairement à son turbulent collègue, il respectait les lieux ainsi que ceux qui les hantaient, vivants ou morts. Il ne répondit pas. À quoi bon d'ailleurs ? Bruno tournait en rond, son gobelet à la main. Il tenta de rallumer sa gitane maïs.

– Bon. Récapitulons. D'après les premières constatations du légiste sur place, hier, votre philomachin aurait été empoisonné. Ça, Fabian a bien voulu me le dire. Donc, première question : comment le poison lui a-t-il été administré ?

– Évident, fit Jacky. Il jouait la mort de Socrate et tous les spectateurs l'ont vu boire un breuvage prétendument empoisonné.

– Tu veux dire *effectivement* empoisonné ? A-t-on pu prélever le liquide ?

– Il y avait des traces verdâdres dans la coupe. Des analyses sont en cours.

Bruno était songeur. Quelle signification donner à cette mort-spectacle ?

– Dis-moi, ton illuminé là, il ne se serait pas suicidé, par hasard ? Vise le contexte. Mise en scène éblouissante, public de connaisseurs. Ce monde ne me mérite plus. Et hop, que mon âme se détache et volette vers le paradis des philosophes ?...

– Possible.

– Bon. Les témoins. Tu étais là, hier ?

– Oui. Je suis arrivé au moment où on sortait le cadavre. Tous les noms ont été notés. Je les ai avec moi. Certains interrogatoires ont été menés à chaud, mais uniquement dans le but de cerner les circonstances de la mort. Voyons ça...

Jacky prit son calepin (reliure en maroquin).

– Il y avait quatre-vingt-douze personnes dans l'amphi.

– Rien que ça ! ironisa l'autre.

– Essentiellement des étudiants hellénistes, soixante-six, qui préparent une licence, une maîtrise, un DEA ou une thèse. J'ai noté aussi vingt-six non hellénistes : dix personnes de l'Institut, des amis de Nervèze, profs ou étudiants, et seize personnes extérieures à l'IRLCD. Des curieux, retraités, profs de lycée...

– Qu'est-ce qu'ils foutaient là, ces branleurs ?

– Nervèze et sa bande ont fait une pub d'enfer pour attirer un max de monde, expliqua Jacky.

– Ouais. Bon. On va se répartir le boulot. Il faut savoir précisément comment cette bouffonnerie a été préparée. Je vais interroger les collègues de l'exhibitionniste. Son bureau est où ?

– Étage du bâtiment nord, du côté des bassins.

– Je trouverai. Tu veux bien te charger de l'interrogatoire des témoins ? Commence par les amis non hellénistes, qui sont certainement ceux qui auront le plus à dire. N'oublie pas les étudiants qui l'accompagnaient sur scène.

– D'accord, acquiesça Le Moigne, mais je dois rentrer à Quimper en début d'après-midi. Fabian m'a seulement demandé de t'assister à mi-temps.

Après un court silence, il ajouta :

– Tu sais, Bruno, il pense que t'es un bon, même s'il ne l'avoue pas. Sinon, il ne t'aurait pas mis sur ce coup.

– Arrête, je vais chialer.

– On se retrouve au commissariat demain matin, lança Jacky en quittant l'amphi.

– Ouais, c'est ça.

Une fois seul, Bruno sortit dans le couloir où il alluma à nouveau une cibiche. Il s'accouda à la fenêtre et regarda la pluie battre le parking à vélo. "Pas terrible la vue d'ici", pensa-t-il. Maussade, il se dirigea vers le bâtiment septentrional.

15 h 00
Quentin dans son bureau

J'arrête...

Un cigarillo...

Le temps que mettra un cigarillo à se consumer.

J'avais pourtant juré de n'en plus fumer. Tu parles.

Que s'est-il passé, nom de Dieu. Suicide ?

Ami Antoine, je croyais pourtant te connaître. Tu aimais la vie. Dis, t'as pas fait ça ?

Que s'est-il passé ?

Encore une bouffée. Hum... C'est bon.

Un meurtre ? Un meurtre, ici ?

T'avais des ennemis ? Mais tout le monde t'adorait.

Et ce gros inspecteur, ou lieutenant, je ne sais pas, que pouvais-je lui dire ? Je n'aimais pas ses questions sournoises. Il semblait me suspecter. Moi !

Il était assez sympa, pourtant.

Je n'y comprends rien.

Un instant... La Mort...

Quand le Maudit frappe à ta porte, un soir de tempête, il faut lui ouvrir et l'accueillir dans ta maison, même si tu sais qu'il en sortira les griffes rougies.

Quand la Bête s'en va, tu as froid, tu as mal. Tu entres à pas d'infirme dans un monde nouveau où tout est tellement sinistre.

Je ne suis pas bien.

De l'air...

Je sors.

Oui. c'est mieux.

Mais... C'est Nolwenn qui court, là, devant.

– Nolwenn ! Nolwenn ! Où vas-tu ? Attends-moi ! Hé ! Nolwenn !

Elle ne m'a pas entendu. Elle a déjà disparu. Qu'est-ce qui lui a pris ? Elle semblait affolée.

Je lui téléphonerai ce soir.

Nolwenn... Ça va bien, toi au moins ? J'ai besoin de toi, tu sais.

Merde ! Ma clope s'est éteinte.

Ce vent...

11h00
"Centre d'Étude des Lettres Grecques et Latines",
Bâtiment "Langues disparues"

Le bureau de Nervèze n'était pas fermé.

Bruno y découvrit des dizaines d'années de recherches stratifiées, qui bientôt iraient alimenter une cave ou une échoppe de bouquiniste. La table était tellement recouverte de papelards qu'on n'y distinguait plus le moindre centimètre carré de bois. Bref, c'était comme il s'y attendait. Il ressortit aussi sec et frappa à la porte d'à côté. "Jacques Goalvoueden", pouvait-on lire au-dessus de la poignée.

Deux mots fatigués se glissèrent jusqu'à lui en réponse à ses coups :

- Oui, entrez.

- Bruno Krafft, lieutenant de police, se présenta le Lorrain en pénétrant dans la pièce.

Jacques Goalvoueden était un petit homme terne, saboulé gris comme la tristesse, lunettes triple carreaux et cheveux couleur passe-muraille.

- Bonjour, soupira-t-il, j'attendais votre venue.

Bruno admira les tons variés de la grisaille ambiante : le gris souris du bureau, le gris-de-lin des armoires, le gris porcelaine des chaises, le gris ardoise du plafond, le gris tourterelle du...

- Parfait. Passons donc rapidement aux choses sérieuses, dit-il. Quelle est votre fonction ici ? Travailliez-vous avec Nervèze ?

- Je suis Maître de Conférences. Antoine est, euh..., était mon ancien directeur de thèse. Nous travaillions effectivement ensemble et avons cosigné de nombreux papiers.

– Papiers ?

– Oui, des articles dans des revues spécialisées, ahana l'homme gris.

– Pourriez-vous me parler un peu de lui et de la signification du... spectacle d'hier soir.

– Antoine était ce qu'on pourrait appeler un doux excentrique, un sympathique expansif qui estimait qu'il était du devoir de l'universitaire de participer à la vie culturelle locale. D'où l'idée de la conférence-spectacle ouverte à tous. Il faisait ça à chaque rentrée universitaire, sous une forme ou sous une autre, parfois au sein de l'Institut, comme cette année, parfois à l'extérieur. Ses étudiants, qui le respectaient profondément, l'idolâtraient même, se seraient battus pour avoir l'honneur de participer au spectacle.

– Ouais. Et vous-même, l'avez-vous aidé à préparer sa conférence ?

Bruno sentit qu'il avait touché là un point sensible. Goalvoueden se troublait :

– Euh, oui... Bien sûr.

L'homme s'empressa d'ajouter :

– Comme tous ses amis.

À ce moment, la porte s'ouvrit brutalement. Une jeune et jolie frangine se précipita dans la pièce.

– Hé, Goal, est-ce que tu... Oh, pardon.

Jacques Goalvoueden fit les présentations :

– Lieutenant, vous avez devant vous Brigitte Brigaud, thésarde de Nervèze. Brigitte, je te présente le lieutenant Krafft qui enquête sur la mort d'Antoine.

Brigitte était une superbe oiselle enrobée dans des formes salutaires. Son vol ayant été brusquement interrompu, la belle passerinette se tenait immobile, aphone, les ailes écartées, ses doux yeux bleus écarquillés. La parfaite image de la culpabilité révélée. Mais Bruno se contenta de la déposer délicatement sur une branche, en tant que témoin.

– Mademoiselle, puisque vous êtes là, vous me permettrez de vous poser quelques questions ?

Il lui laissa le temps de répondre. Mais comme elle ne réagissait pas, il continua :

– J'aimerais savoir quel a été votre rôle dans la préparation de la conférence mortelle d'Antoine de Nervèze.

La fille s'était ressaisie. Elle répondit timidement :

– Je me suis surtout occupée de la pub : affiches, articles dans la presse locale. Également des costumes, avec des amies. J'ai aussi assisté à ses répétitions.

– Étiez-vous présente hier soir ?

– Bien sûr. J'étais près de l'estrade avec Goal et Robert Briend, un prof de latin.

Le policier avait l'impression de perdre son temps.

– Savez-vous qui a préparé le breuvage de Nervèze ?

Un silence.

– C'est moi, répondit enfin Goalvoueden d'une voix microscopique.

Là, Bruno lui aurait foutu des baffes.

– Vous ne pouviez pas le dire plus tôt, espèce d'empaffé, cria-t-il. Racontez !

– Eh bien, marmotta Goalvoueden, Antoine, qui était un perfectionniste, m'avait demandé de lui préparer un potage ayant la couleur verte de la ciguë. Il m'avait d'ailleurs confié un sachet de soupe déshydratée. J'ai préparé la boisson pendant le spectacle, dans une petite salle donnant sur le couloir d'accès au Grand Amphi. Je l'ai chauffée à l'aide d'une cafetière électrique.

– Le sachet, où est ce sachet ? tonna Bruno.

– Euh... Je l'ai jeté dans la poubelle qui se trouvait là...

– Venez avec moi !

Le policier se précipita dans le couloir. Le pauvre petit helléniste gris le suivit au pas de course, ce qui lui fit cracher d'un coup toute la poussière accumulée dans les bronches durant plus d'une décennie de philologie. Ils franchirent l'espace étroit qui séparait les deux édifices en L et pénétrèrent dans le bâtiment "Villes disparues". Alors qu'ils s'approchaient de l'amphi du mort :

– C'est là, souffla Goalvoueden en montrant une porte donnant sur le couloir.

Elle n'était pas fermée. Il y avait bien dans un coin de la pièce une poubelle contenant un emballage de chewing-gum, des copies d'examen barbouillées, quelques gobelets et un petit sachet verdâtre, que Bruno saisit délicatement par la tranche avant de le braquer devant l'universitaire épuisé (ou comment un emballage de potage au cerfeuil vint chercher du condiment sous un tarin poivre et sel...).

– C'est bien ça ? demanda-t-il.

– Oui.

Le sachet, froissé, n'était pas complètement vide. Un des coins était déchiré. Rien d'anormal à première vue. Pourtant, en l'examinant plus attentivement, Bruno découvrit près de l'ouverture une fine entaille d'environ cinq millimètres, probablement faite au cutter. On l'avait rebouchée à l'aide de petits points de colle.

Bruno se tourna lentement vers le lettreux et lui demanda :

– Qui était au courant de cette... préparation culinaire ?

– Antoine n'en faisait pas mystère : toutes les personnes qui le côtoyaient, ses étudiants...

– Entre le moment où Nervèze vous a confié ce paquet et le moment où vous l'avez ouvert, où était-il entreposé ?

– Dans mon bureau, sur une étagère.

Devançant la question suivante, le philologue ajouta :

– Là encore, il n'y avait aucun caractère de confidentialité...

– En votre absence, votre bureau est-il toujours fermé à clef ?

– Oui, mais c'est la même clef pour tout le bâtiment, répondit Goalvoueden, penaud. Seules les pièces renfermant du matériel *high tech* ont une porte renforcée et un canon spécial.

– J'imagine que l'Institut est fermé la nuit ?

Le petit homme opina. Normalement, tout était fermé vers vingt-deux heures, quand le garde faisait sa première ronde, et ouvert vers les six heures du matin, à l'arrivée des femmes de service.

– Mais là encore, toutes les portes extérieures possèdent une serrure identique. Étant donné le nombre de thésards qui viennent travailler le soir, il y a une infinité de clefs qui circulent... Parfois même, quand il reste du monde, le garde retarde la fermeture jusqu'à sa deuxième ronde.

Bruno en avait assez entendu. Il décida de rentrer tout de suite à Quimper afin de confier le précieux sachet au labo.

14 h 55
Bâtiment méridional "Villes disparues"

79. Pompéi. Le Vésuve. Un couple. Un homme. Un couteau.

Le modèle numérique de terrain en trois dimensions était en cours d'achèvement. À partir des données archéologiques disponibles comme la forme de la pièce, la position des trois corps et de tous les objets identifiés, Nolwenn était sur le point de reconstituer virtuellement l'état des lieux au moment de l'éruption, jusque dans les détails les plus infimes. La qualité du moulage des corps dans la cendre volcanique était telle que leur forme, la position des membres et même les traits des visages étaient parfaitement conservés. L'ordinateur devait encore ingérer des éléments mal contraints comme la hauteur de la pièce ou la position initiale des objets légers renversés au cours du cataclysme. Une fois achevé, le modèle servirait de support aux investigations sur les événements ayant eu lieu juste avant la catastrophe. Chaque nouvel élément archéologique, chaque hypothèse sur la nature des liens unissant les trois protagonistes y serait intégré.

Les recherches archéologiques sur Pompéi avaient permis de faire un énorme bond dans le passé.

Mais pas plus loin que l'instant précis de l'éruption volcanique.

Nolwenn s'apprêtait à grignoter quelques secondes encore...

Des heures...

Des heures d'angoisse...

Elle se prit la tête entre les mains.

De cauchemars sudorifiques en réveils soudains, elle n'avait pratiquement pas dormi la nuit dernière. Elle avait essayé de travailler aujourd'hui, tant bien que mal, mais pas vraiment moyen de se concentrer. Maintenant elle n'en pouvait plus. Elle était au bord des larmes. Elle enclencha son écran de veille, prit son sac et s'enfuit.

L'escalier, le couloir, le parking... Elle se dirigea en courant vers le plus proche arrêt de bus.

Ils étaient bleus et jaunes les bus de la fière cité marine. Nolwenn monta dans celui qui faisait la navette avec Douarnenez, la ville sœur.

Vingt minutes plus tard, elle descendit dans la Rue Obscure, près du port du Rosmeur. Avant de monter dans son petit appartement, elle passa à la pharmacie toute proche.

– Salut, Nolwenn, lui lança l'apothicaire.

– Bonjour, Agnès. Tu vas bien ?

Les deux femmes s'embrassèrent.

– Apparemment mieux que toi. Tu es toute défaite. Des problèmes ?

Oui, mais elle préférait ne pas en parler.

– Non, non... Donne-moi quelque chose pour dormir, s'il te plaît.

La femme lui tendit des pilules sans poser d'autres questions.

Une fois chez elle, ses angoisses rangées, Nolwenn plongea, droguée, sous les couvertures.

Dommage.

La pluie venait de cesser.

4

Vendredi 12 octobre
9 h 00
Commissariat de Quimper

Ils étaient trois dans le bureau du commissaire Fabian. Fabian lui-même, androïde aux yeux porcins, droit comme un i, une brosse à la place du point, Jacky, tout sourire et Bruno, les lèvres, les maxillaires et les poings serrés.

– Empoisonné ! Le Professeur Antoine de Nervèze a bel et bien été empoisonné, déclara le commissaire d'un ton emphatique.

Les deux lieutenants gardèrent le silence.

– Nous n'avons pas encore l'analyse de la poudre que vous avez trouvée hier, Krafft. Mais notre légiste, qui connaît un botaniste rennais spécialiste des plantes toxiques, a chargé hier soir un commissionnaire de lui apporter le produit en urgence, afin qu'il pût procéder au plus tôt à l'examen microscopique du contenu du sachet. Voilà une initiative comme je les aime ! Le scientifique en question vient de nous faxer son rapport... Tout à fait significatif.

Le commissaire prit le fax et lut :

– Mélangées au cerfeuil déshydraté, il y avait les plantes suivantes, hachées ou broyées mais encore identifiables : *Cicuta virosa, Conium maculatum, Aethusa cynapium* et *Taxus baccata.* C'est-à-dire, si vous préférez, des fragments broyés de tubercules de ciguë vireuse, une des plantes les plus toxiques connues, des morceaux de graines et de feuilles de petite et surtout de grande ciguë, le tout accompagné de graines d'if pilées.

– Mélange explosif, risqua Jacky.

– Je ne vous le fais pas dire. Explosion mortelle moins d'une heure après ingestion. C'est d'ailleurs ce qui s'est passé, comme nous l'a confirmé l'autopsie.

Bruno prit le fax à son tour :

– Ça doit faire horriblement souffrir, toute cette merde ?

– Non, répondit Fabian. Vous n'avez pas lu jusqu'au bout, Krafft. À l'exception de la ciguë vireuse, en faible quantité dans le mélange, qui peut provoquer des accès convulsifs douloureux, les plantes citées ont pour effet de paralyser le système nerveux, en commençant par les extrémités du corps, et de ralentir le cœur. Une mort douce, en quelque sorte.

– Mais bordel, il aurait dû réagir, réclamer de l'aide.

– Tu oublies le contexte, intervint Jacky. Il était devenu Socrate. Les étudiants m'ont assuré qu'il faisait bien plus que jouer un rôle : il s'était complètement imprégné du personnage...

– ...Jusqu'à ne pas se rendre compte que la paralysie le gagnait pour de bon, termina Fabian. Ouais. Drôle d'histoire. Mais puisque vous parlez des témoignages, Le Moigne, pourriez-vous nous faire un compte rendu de vos interrogatoires d'hier ?

– Peu de chose à dire. Nervèze avait quarante-deux ans. C'était un homme courtois, estimé par ses collègues et ses étudiants. Il s'était spécialisé dans l'analyse de la mentalité athénienne à l'époque classique au travers des textes de Platon, Xénophon et Aristophane. Sa réputation universitaire était, paraît-il, excellente.

– Alors ça, ça nous avance vachement, ironisa Bruno.

– Un homme tout à sa passion, continua Jacky, beaucoup de connaissances, mais apparemment pas de véritables amis. Du moins pas parmi ses collègues de l'IRLCD. Il ne semblait pas avoir d'ennemi non plus. Pas de femme, pas d'enfant. On ne m'a pas non plus fait rapport de ragots sur sa vie privée.

– Où habitait-il ? s'enquit le commissaire.

– À Ker-Ys, Rue Morgane.

– Avait-il de la famille proche dans le coin ?

– Seulement sa mère à Kerlaz et une sœur à Huelgoat.

– Il était riche ?

– Bof, aisé, à peine. Je ne crois pas que le mobile soit à chercher de ce côté-là.

– Parce que vous savez de quel côté le chercher, vous, le mobile ? cracha Fabian.

Tout cela n'intéressait pas beaucoup Bruno, qui se dirigea vers la fenêtre. Dans la cour étrillée par une houle de pluie, deux flics en tenue traînaient vers le porche d'entrée le dealer qu'ils venaient d'alpaguer. Le va-et-vient continuel des véhicules de fonction créait un vague fond sonore d'où émergeaient les cris de haine du loubard, d'autant plus distinctement qu'ils provenaient maintenant de l'étage inférieur : "Sale poulaille ! Vous me le payerez, enculés."

Bruno haussa les épaules et grommela :

– Le blème, c'est que n'importe qui un peu au courant des intentions de Nervèze a pu glisser le venin dans le Royco. Le bureau de ce con de Goalvoueden était ouvert aux quatre vents. On est loin du mystère en chambre close.

Il allait replonger dans son mutisme quand une idée lui vint tout à coup. Il se retourna vers les deux hommes et demanda :

– Dites-moi, n'y aurait-il pas une herboristerie dans le bled ? Il me semble avoir entendu ça quelque part...

– Oui, confirma Le Moigne. La dernière herboristerie de France se trouve effectivement dans la Rue Bleue, à Ker-Ys. Elle est tenue par une vieille dame, Jacqueline Le Gall, et sa petite-fille. Tu penses que...

– Je pense qu'il faudrait bien y aller jeter un œil. Car enfin, notre gus, là, pour réussir à tremper une soupe aussi indigeste, ou bien c'est une bête en botanique ou bien il est allé se rencarder. Et les amateurs de plantouzes du coin, ils doivent certainement fréquenter chez la mère Le Gall, qu'est-ce que t'en penses ?

– Faut voir. Il est vrai que les amateurs de champignons, de tisanes, mais aussi certains professionnels, trouvent chez elle une mine d'informations sur toutes les plantes du coin. En outre, sa petite-fille,

Corinne, a monté un diaporama qui a bonne presse. Elle intervient dans les écoles...

– Bon, les gars, au boulot, interrompit Fabian en visant ostensiblement sa montre. Je veux des résultats rapido. Vous vous démerdez.

Jacky avait déjà quitté la pièce et son collègue s'apprêtait à en faire autant, quand :

– Krafft !

Bruno se retourna. Fabian le fixait dans les yeux.

– Krafft, vous ne m'aimez pas...

Le Lorrain était aussi immobile...

– ...Moi non plus !

...Et inexpressif qu'un rocher.

– Réussissez. Vite !

Bruno sortit en se fendant d'un léger sourire.

10 h 30

Le lieutenant Krafft pataugeait dans la Rue Bleue détrempée. Elle portait bien son nom, cette rue, la seule en pente de la ville. Elle reposait sur un socle rocheux bombé surplombant de quelques mètres le niveau maximum des eaux dans la lagune, qui correspondait au niveau moyen de la mer au delà de la Grande Digue. Depuis le sommet du rocher, on avait une vue magnifique sur la bordure nord du bassin Guénolé, sur la pointe de Ty Marc et sur la mer, de part et d'autre de la digue. Un panorama bleu océan, bleu... pluie. Bruno patouillait dans les flaques sous un ciel chaotique. L'herboristerie était située justement près du point culminant de la Rue Bleue. Elle était environnée de bicoques au caractère – et pas seulement – bien trempé, façades de pierres jaunes aux circonvolutions celtiques, murs percés de toutes petites fenêtres, comme les yeux mi-clos des âmes pudiques. Le gourbi de la mère Le Gall ne se distinguait de ses voisines que par une minuscule vitrine, qui dévoilait au promeneur l'obscurité régnant dans l'échoppe, et par une enseigne située juste au-dessus : *"Louzaouerezh Ker-Ys"*.

Dès que Bruno eut poussé la porte à la peinture gris ciel écaillée, une très forte odeur balsamique, capiteuse, l'assaillit. Il pénétra dans un antre extraordinaire, baigné par la très légère lueur d'une ampoule nue suspendue entre un plafond invisible et un sol obscur. Les murs étaient entièrement masqués par des meubles à tiroirs, par des rayonnages sur lesquels s'empilaient des boîtes, des livres spécialisés et divers bibelots. Des fioles de toutes tailles et de toutes formes, couvertes d'une légère couche de poussière et reliées par des fils d'argent, se pressaient sur la moindre surface plane.

Derrière un immense comptoir en bois vernis, il y avait un attendrissant petit bout de bonne femme voûtée, approchant sans doute les quatre-vingts ans, et dont la chevelure enneigée atteignait à peine le thorax du policier. Des rides profondes coulaient sur sa peau parcheminée, probablement creusées par des torrents de chagrins, d'année en année moins impétueux mais plus érosifs. Elle portait une robe noire informe à bordures blanches, qui flottait sur elle comme s'agite un drapeau autour de sa hampe. De petites lunettes rondes s'étaient déposées à l'extrémité de son nez.

– Bonjour, Madame, commença Bruno de sa voix la plus domestiquée. Je suis le lieutenant Krafft qui enquête sur la mort du Professeur de Nervèze.

– Oui, j'en ai entendu parler, articula lentement la vieille Jacqueline Le Gall. Que puis-je faire pour vous, lieutenant ?

– J'aimerais avoir quelques renseignements sur votre clientèle, Madame Le Gall.

La vieille dame s'assit sur un vieux banc.

– Nous recevons des amateurs de tisanes, soupira-t-elle, des personnes souhaitant se soigner par les plantes, des cueilleurs de champignons qui viennent me montrer leurs récoltes... Des botanistes aussi parfois qui souhaitent consulter ma collection de plantes séchées, dit-elle en montrant fièrement les centaines de tiroirs qui tapissaient le mur derrière elle. Il y a là au moins un exemplaire de toutes les plantes sauvages de la région. Certaines, récoltées par ma grand-mère ou mon arrière-grand-mère, ont disparu de nos jours. Ce n'est pas seulement une herboristerie, ici, c'est également un conservatoire.

– Avez-vous remarqué un client inhabituel, ces derniers temps ? Quelqu'un qui aurait montré un intérêt particulier pour les plantes toxiques ?

– Oh, vous savez, je ne remarque plus grand-chose, souffla la vieille dame.

– On m'a dit que votre petite-fille faisait des conférences ? Pourrais-je lui parler ?

La petite bonne femme se leva péniblement pour passer dans la pièce d'à côté. Elle fit signe au policier de la suivre. Bruno fit quelques pas, souleva à son tour le rideau verdâtre qui barrait la voie. Derrière, un autre monde. Jaune vif. Un double néon éclairait crûment une pièce aveugle dont la tapisserie agressive étreignait une frêle mominette pelotant un clavier sous l'œil lascif d'un gigantesque écran. Le mobilier, style janséniste ambré, se composait d'une bibliothèque canari chargée à bloc, d'une chaise ictérique et d'une énorme table citron, qui supportait, outre l'ordinateur, un scanner, une imprimante laser, une caméra numérique montée sur un microscope et un fax.

– Corinne, couina l'ancêtre, le lieutenant Krafft voudrait te parler.

La poupée se retourna en disant bonjour. Bruno eut un étourdissement en estimant la profondeur du regard vert-de-montagne dardé sur lui. Il se ressaisit :

– Quelqu'un ne vous aurait-il pas demandé récemment, ici au magasin ou ailleurs, des renseignements au sujet de la toxicité de certaines plantes ?

– Je suppose que vous faites allusion à des ombellifères comme... la ciguë par exemple, répliqua malicieusement Corinne.

– Eh bien ?

– Mon pauvre monsieur, des renseignements de ce type, on nous en demande tous les jours. Parfois même par courrier électronique ou par fax, ajouta-t-elle en montrant fièrement ses bijoux alignés sur la grande table jaune. Nous sommes en contact avec l'Europe entière.

– Notre assassin ne vient probablement pas de Bratislava, fit remarquer Bruno, agacé.

– Désolé, cher Monsieur, intervint la grand-mère, je crains que nous ne puissions pas grand-chose pour vous. Cette herboristerie est très fréquentée, et nous n'avons pas appris à distinguer les suspects des honnêtes gens.

Sur ces paroles qu'elle voulait définitives, la mémé retourna parmi ses plantouzes momifiées. Bruno s'approcha de Corinne. Fragrance citronnée.

– Essayez de vous souvenir... Ces dernières semaines... C'est important.

– Nous avons surtout reçu des pharmaciens ce mois-ci. Comme nous sommes à l'époque de la cueillette des champignons, ils sont venus en grand nombre pour rafraîchir leurs connaissances et pouvoir ensuite renseigner au mieux leurs propres clients. J'ai même organisé des cours de rattrapage à leur intention.

– Ouais. Uniquement sur les champignons ?

– Essentiellement.

– Gardez-vous les messages électroniques et les fax que vous recevez ?

– Uniquement les *e-mails*.

– Pourriez-vous me faire une sortie de tous ceux que vous avez reçus depuis trois mois qui concernent de près ou de loin les plantes toxiques ?

– Même ceux en provenance de Slovaquie ? demanda ingénument Corinne.

Le Lorrain ne répondit pas. Pendant que la minette tripotait ses boutons, Bruno retourna dans la sombre pièce aux tiroirs. Un jeune gars éveillé se tenait sur une échelle, à mi-hauteur. Il rangeait des boîtes d'herbes pilées dans des tiroirs, en chantonnant.

– Julien Merrien, présenta la mère Le Gall. Notre préparateur.

– Salut, m'sieur, sifflota-t-il.

Un client entra. Bruno rejoignit Corinne.

– J'ai ce qu'il vous faut. Une cinquantaine de messages.

Ils attendirent silencieusement une dizaine de minutes que tout fût imprimé. Bruno, qui était sujet au vertige, n'osait pas la regarder dans les yeux. Mais il lui patina les courbes du regard. Il admira aussi ses pommettes et ses lèvres. La frangine ne se départait pas d'un petit air mutin, qui finit de le désarmer complètement.

– Voilà, dit-elle en lui tendant une petite liasse.

Bruno s'enfuit aussitôt en mâchouillant un merci informe. En passant devant l'échelle, il jeta un dernier regard vers le jeune homme perché, qui lui-même reluquait la fille dont les yeux vert-des-cîmes venaient d'apparaître, devant le rideau, au-dessus d'un sourire.

18h00
"Aux deux palais", Ys

Il l'attendait devant sa bière. Elle entra, le temps se remit en marche et vint l'instant fertile des retrouvailles, yeux dans les yeux, main dans la main.

– Ah ! Nolwenn, enfin te voilà, soupira Quentin. J'ai essayé de te joindre hier soir, puis ce matin, en vain. Mais que se passe-t-il, ma douce ? Je t'ai aperçue hier qui courais comme une folle.

Nolwenn s'assit en face de lui. Elle commanda :

– Dédé, un diabolo fraise, s'il te plaît.

Elle avait les traits tirés, des cernes emprisonnaient ses yeux cobalt. Regard lointain. Elle inspira, puis se lança :

– Quentin, j'ai rencontré Antoine environ une semaine avant sa mort. C'était dans son bureau. J'étais passée voir Brigitte pour lui demander de traduire une tablette couverte d'inscriptions grecques, récemment trouvée à Pompéi tout près de la maison qui m'intéresse.

Dédé le patron apporta la boisson rouge pétillante et l'agrémenta d'un sourire édenté.

– Il est entré brusquement dans la pièce, continua-t-elle, et m'a priée de l'accompagner dans son bureau, à côté. Intriguée, je l'ai suivi. Il était fébrile. Son humour légendaire s'était évaporé. Presque agressif, il m'avoua qu'il avait des ennuis.

Nolwenn but une gorgée.

– J'étais très étonnée car nous nous connaissions à peine : nous ne nous étions rencontrés que les deux fois où tu nous avais réunis chez toi, à Kerrouanez. Brusquement, comme pour se débarrasser d'un poids qui l'oppressait, il me confia qu'il était très inquiet au sujet d'une personne... une personne *que je connaissais !*

Quentin sursauta.

– Quoi ? Mais qui donc ?

– Ah ça, il n'a pas voulu me le dire. Il était bien sur le point de le faire, j'ai insisté, il s'est braqué. Je n'en sais rien, Quentin. Tu comprends maintenant ? Cette affaire me mine.

– Mais pourquoi t'a-t-il dit ça, sans aller jusqu'au bout de sa confession ?

– Je ne sais pas.

Quentin ouvrit sa boîte de cigarillos. Nolwenn sirotait son diabolo.

– Sur le coup, je n'ai pas prêté une attention particulière à cet incident, reprit-elle. Mais depuis les événements de mercredi... C'est tout autre chose.

– De qui diable peut-il s'agir ? s'interrogea le paléontologue. Tu vois quelqu'un que vous auriez bien connu tous les deux ?

– Écoute, depuis deux jours je ne pense qu'à ça. Nos seules relations communes sont des universitaires. Et ceux avec qui j'entretiens une relation suivie, que je sache, ne le connaissaient pas.

Un court silence, puis :

– À deux exceptions près, bien sûr...

Quentin lui lança un regard amusé.

– C'est à moi que tu fais allusion ? Hum... Je ne vois pas vraiment pourquoi il aurait été inquiet à mon sujet. Non, désolé, je ne suis pas convaincu. Qui est la deuxième personne ? Brigitte ?

– Oui. Mais, je ne crois pas que ce soit elle non plus. J'étais dans son bureau quand Antoine m'a demandé de le suivre. Ça n'a pas de sens.

Une larme perlait à sa paupière.

– Dis-moi ce que je dois faire, Quentin ? Prévenir les flics ?

Le jeune homme se cacha derrière un nuage de fumée pour réfléchir. Il se dit que ce n'était pas une bonne idée. D'ailleurs, le flic chargé du dossier était infect, d'après ce qu'il avait entendu.

– Je ne crois pas, répondit-il. Laisse tomber. Ne te casse pas la tête. Ça n'a probablement rien à voir avec sa mort.

Cherchait-il à s'en persuader lui-même ?

Le grand Dédé rompit la conversation :

– Alors les passereaux, le nid n'est toujours pas construit ? fit-il. Puis, voyant les verres vides : vous reprenez quelque chose ?

– On va y aller, dit Quentin en se levant.

Il remarqua que la larme de Nolwenn avait grossi, avait glissé sur la joue. Il la cueillit, délicatement.

La ville était silencieuse. On n'entendait que le doux babil du crépuscule naissant et le martèlement des vagues sur la Grande Digue.

Même heure
Laboratoire d'Étude et de Surveillance
de l'Atmosphère (LESA), Quimper

Reconstituer la soupe primitive. Rien de moins. Voilà le but que s'était fixé Nicolas Kerber, ingénieur de recherche au LESA. Pour cela, il disposait de dix globes hermétiques, dans lesquels il injectait divers mélanges gazeux modélisant l'atmosphère primitive de notre planète, au sein de laquelle la vie apparut il y a de cela environ quatre milliards d'années. Depuis Stanley Miller, qui avait réussi en 1953 à former de l'acide cyanhydrique et du formaldéhyde, deux importants précurseurs du vivant, à partir d'un mélange réducteur soumis à l'action d'un arc électrique, les idées avaient beaucoup évolué. Les géochimistes actuels doutaient fortement que le dégazage du manteau terrestre eût pu donner naissance à une atmosphère réductrice. Les modèles récents faisaient plutôt intervenir du dioxyde de carbone et de l'azote. Cependant, quand on activait une telle proto-atmosphère virtuelle en reproduisant fidèlement l'expérience de Miller, il s'avérait impossible de générer des molécules d'intérêt biologique. Kerber étudiait donc de nouveaux protocoles expérimentaux en simulant les orages de la terre primitive de différentes manières et ce simultanément dans dix globes contenant des mélanges gazeux non réducteurs plus ou moins azotés.

À cette heure, il venait d'achever une énième expérience. Il mit son masque afin de protéger le peu de poumon qui lui restait, et provoqua par télécommande l'ouverture des dix ballons. Un nuage délétère se répandit dans la pièce. Mais que masquait cette brume ? Il s'approcha et examina la paroi interne de chacun des globes, à la recherche d'un quelconque dépôt. Hélas, rien. Comme d'habitude. Que dalle ! L'article du siècle n'était pas encore pour aujourd'hui. Ni sans doute pour demain. De rage, il lança sa télécommande sur l'un des récipients.

Immobile dans la grande salle sombre, muré dans la paix cristalline des gouttes de pluie crépitant sur le toit métallique, Nicolas éprouva une sensation de désenchantement...

...Qui tout aussitôt s'effaça.

Une fascinante, une angoissante image de femme venait de lui apparaître en songe.

Sa cruelle espérance.

5

Samedi 13 octobre
9 h 15 - Kerlaz

– La ville du meurtre.

– Plaît-il ? demanda Bruno.

À l'intérieur de la voiture noire qui venait de s'arrêter sur la petite place de Kerlaz, le lieutenant Le Moigne parfaisait sa coiffure devant un rétroviseur complaisant.

– Kerlaz signifierait en breton "la ville du meurtre" *. Le nom de cette paroisse avait d'ailleurs été latinisé au début du seizième siècle sous la forme *Capella oppidi occisionis*, Chapelle de la forteresse du meurtre.

– Si tu veux me faire plaisir, appelle plutôt ce trou à rat : "Vers une solution à notre problème de meurtre", répliqua le Lorrain. Traduis si tu veux. En latin ou dans ton patois à la noix vomique, je m'en fous.

Les deux policiers descendirent de voiture. Pendant que Bruno tentait d'allumer son éternelle gitane maïs, recroquevillé derrière sa pelure à la recherche d'un illusoire abri contre le vent de suroît, son collègue fit quelques pas sur la place du petit bourg. Il n'y avait personne. Seul un jeune chat tigré affrontait le souffle marin en miaulant sa peine.

Bruno posa la main sur l'épaule de son compagnon qu'Éole avait déjà rendu aussi échevelé qu'un oursin et dit :

* Cette étymologie est, en fait, très contestée.

– Excuse-moi.

La mer brassait ses eaux à moins d'un kilomètre. Le vent automnal en éparpillait des fragments sur le village sous la forme d'une poussière d'écume. Les deux hommes semblaient des oiseaux noirs de la terre, échoués malgré eux dans un poudrin de mer. Ils s'approchèrent des rideaux frémissants derrière lesquels des dizaines de paires d'yeux invisibles suivaient tous leurs mouvements.

La mère d'Antoine de Nervèze habitait dans une petite rue donnant sur la place. Sa maison était une maison grise de Kerlaz, à peine plus fière que ses voisines. Jacky frappa vigoureusement à la porte en chêne. Après un petit moment d'attente, les policiers entendirent un pas traînant, puis un bruit métallique. La porte s'ouvrit sur une très vieille femme vêtue de noir, dignement. Quand les deux hommes se furent présentés, elle les fit entrer dans un triste petit salon sans doute trop impeccablement rangé. La photo d'un jeune homme souriant constituait le seul décor sur l'immense buffet qui meublait le mur du fond. Jacky eut du mal à reconnaître dans ce bon fils pétillant de vie le macchabée dont il avait fermé les yeux trois jours plus tôt.

– Un bon fils, confirma-t-elle en les invitant à s'asseoir. Il venait me voir toutes les semaines et me racontait par le menu ce qu'il faisait à l'Institut.

– Il vous avait donc parlé de son projet de conférence ? s'enquit Jacky.

– Bien sûr.

– Ne vous a-t-il pas semblé particulièrement inquiet ou perturbé les jours précédents ?

– Oui, mais ça n'avait rien d'étonnant. Il était toujours très nerveux avant ses prestations en public. C'était un perfectionniste.

– Lui connaissiez-vous des relations extra-professionnelles suivies ? demanda Bruno

– Peu, répondit-elle. Il n'avait qu'un véritable ami, Jean Le Meur, qui était professeur de français et de grec dans un lycée brestois. Il existait entre eux une amitié très forte qui a duré plus d'une vingtaine d'années. Il est mort en juin dernier. Le cœur, je crois. Antoine en a été très affecté. Les rares autres personnes qu'il invitait parfois ici travaillaient toutes à l'IRLCD.

– Qu'est-ce qui le rapprochait de cet ami ?

– Ils nourrissaient en commun un amour profond pour le grec, les livres, et Dieu : tous deux étaient très croyants.

– Que pouvez-vous me dire au sujet des... femmes ?

La pauvre dame avait visiblement beaucoup de mal à supporter l'entretien.

– Rien. Il en recevait sans doute chez lui, je ne sais pas. Mais jamais ici.

Elle se leva :

– S'il vous plaît, messieurs.

Les deux policiers n'insistèrent pas.

De retour sur la place, Jacky fit le compte rendu de son passage la veille dans l'appartement de Nervèze :

– Il habitait au second étage d'un vieil immeuble de la Rue Morgane, à Ys. Un petit quatre-pièces, confortable sans plus : cuisine-salle à manger, chambre, bureau et bibliothèque. C'est dans cette dernière pièce qu'étaient concentrés tous ses objets de valeur, surtout des livres et des curiosités archéologiques. J'ai fouillé l'appartement de fond en comble : rien d'intéressant. Quelques lettres déjà anciennes d'une ex-amie, une certaine Sophie, qu'il faudra peut-être essayer de retrouver. Des relevés de compte. Il semblerait qu'Antoine de Nervèze dépensait peu : les soldes mensuels étaient largement positifs. Les seules grosses sorties d'argent concernaient des bouquins et des objets anciens. Il écumait les salles de vente du Grand Ouest. J'ai retrouvé de nombreux catalogues annotés. Voilà. La récolte est maigre. Et ce n'est pas avec ce qu'on a glané ici...

Un affreux mégot jaune au bout noirâtre pendouillait à l'extrémité de la lèvre inférieure de Bruno. Il tenta de le rallumer une dernière fois. Mais le vent ne le permit pas.

– Il te faut toujours une boîte d'allumettes par cigarette ? ironisa Jacky.

– Une demi-boîte seulement. Mais là, j'y renonce. Bordel de vent !

Une rafale souleva une gerbe de feuilles mortes qui cliquetèrent joyeusement avant de se déposer délicatement sur le capot de la BMW. Le chat tigré avait trouvé un compagnon de jeu monochrome avec qui il menait une sarabande débridée.

11 h 00
Ker-Ys

– Lieutenant ? Que faites-vous par ici ?

Le chemin de Goalvoueden, silhouette emmitouflée dans un gros pardessus gris anthracite, venait de croiser celui de Krafft, ombre errante, paumée sur la Grande Digue.

– De quoi j'me mêle ? Et vous, qu'est-ce que vous foutez là ?

– Je voulais admirer cela.

Le philologue parcourut d'un lent et vaste geste de la main l'aquatique étendue, ourlée par le vent.

– *Les amples ondes venues du Ciel vallonnent le liquide empire de Poséidon*, ânonna-t-il.

Les deux hommes se trouvaient entre les Bassins Gradlon et Dahut, tous deux dédiés à la plaisance. Le Bassin Corentin, quant à lui, recevait les vedettes de liaison entre la ville d'Ys et Morgat, Brest, Douarnenez, Concarneau et l'île de Sein, tandis que celui situé le plus au nord, le Bassin Guénolé, était réservé aux chalutiers. La marée était montante. Déjà, un dénivelé de presque deux mètres séparait la surface de la mer de celle de la lagune, abritée de la furie du large par la digue géante. Bruno dut crier pour dominer la clameur du vent et le roulement des flots.

– Nervèze est insaisissable, Goalvoueden. Tout glisse sur lui, sauf la mort. Un helléniste passionné. Il n'était donc que ça ?

– Ce n'est déjà pas si mal, répliqua aussitôt le Maître de Conférences.

– Bordel de merde, il avait bien une vie sexuelle, non ? Il baisait ses étudiantes ? Paraît que ça se fait, dans l'Éducation Nationale. Protégés comme vous l'êtes par votre statut et vos syndicats, vous ne risquez pas grand-chose.

– Je vous en prie, lieutenant.

– Je n'entrave que dalle à la mort de votre collègue, Goalvoueden.

Le lettreux s'étonna de cet aveu. Il fixa le policier aux yeux brillants qui, pour la première fois, lui parut presque pitoyable avec son cadavre de clope versicolore gisant sur le menton. Chaque poil de sa barbouze noire s'était engainé dans une goutte de mer apportée par le vent. Il ressemblait à un oursin dont les piquants auraient été montés à l'envers.

– Expliquez-moi le fonctionnement de ces écluses que je comprenne au moins quelque chose dans ce foutu bled, continua-t-il.

L'universitaire esquissa une ébauche de sourire.

– Le socle rocheux sur lequel repose la ville affleure jusqu'au niveau moyen des eaux. La digue et les écluses permettent d'éviter sa submersion. Tout simplement. À marée basse, les écluses des quatre bassins peuvent s'ouvrir à la demande, en fonction du trafic. L'ouverture se commande à la capitainerie. Mais quand la mer en remontant franchit le niveau moyen, les portes se bloquent automatiquement. C'est le cas maintenant. À l'extérieur des bassins, il y a des écluses plus petites qui s'ouvrent et se referment automatiquement quand la mer franchit dans un sens ou dans l'autre le seuil limite, si bien que le niveau de l'eau dans la lagune suit celui de la mer seulement depuis la marée basse jusqu'à la mi-hauteur moyenne. Ensuite il se stabilise.

– Mais comment fonctionne le système ? s'enquit Bruno.

Goalvoueden se dirigea vers l'écluse du Bassin Dahut.

– Vous voyez là ce conduit vertical ? fit-il. Chaque écluse en possède un similaire.

Il montrait une gaine métallique, plaquée contre la digue à environ deux mètres des portes, du côté de la pleine mer, et longée par une échelle verticale fixée au mur. Le tout était protégé de la furie périodique des flots par un demi-cylindre constitué d'un épais treillis métallique au maillage serré.

– Dans chacun d'entre eux, il y a un émetteur à infrarouge en haut et un capteur au niveau limite. Dès que l'eau en montant franchit le seuil critique, les capteurs ne reçoivent plus de rayonnement, l'eau étant opaque à l'infrarouge, ce qui commande automatiquement le blocage des portes. C'est l'inverse qui se passe à la marée descendante : dès que le niveau de l'eau devient inférieur à la hauteur limite, le rayonnement est à nouveau reçu par les capteurs, ce qui permet d'une part le déblocage des portes des bassins et d'autre part l'ouverture des deux écluses extérieures. Un deuxième système indépendant du premier permet de garantir la sécurité de l'installation en cas de défaillance. En effet, un hygromètre a également été disposé au niveau critique dans chaque gaine. Dès qu'ils sont submergés, ils se saturent et émettent un signal qui provoque aussi le blocage des portes. Enfin, un système de régulation complexe permet de tenir compte des fluctuations de niveau liées à la houle : le déblocage des écluses n'est possible que si les capteurs ne sont pas recouverts d'eau plus d'un certain nombre de fois par intervalle de temps prédéfini.

– Et en cas de défaillance des *deux* systèmes ?

– Aucun danger. Les portes resteraient fermées.

– Ouais. Je suis vachement rassuré, ronchonna le Lorrain en lorgnant du coin de l'œil les énormes baffes que la mer infligeait à la digue avec la régularité d'un métronome.

Dimanche 14 octobre
0 h 30

Cette nuit-là, Quimper semblait désert. Suroît s'engouffrait comme une âme en peine dans les petites ruelles de la vieille ville, à la recherche de robes légères à soulever et de jambes fuselées à palucher. Le vent de sud-ouest avait la nostalgie des cheveux mouvants de l'été. Mais l'automne était déjà là. Tant pis. Il essayait quand même. Il écartait les nuages et allumait son quartier de lampe aux piles usées. Il zyeutait dans tous les recoins, les porches, les impasses. Il tournait autour de la cathédrale, phare des noctambules. Personne. Si. Là. Dans cette ruelle, deux ombres. Des amoureux ? Comment savoir avec cette mauvaise tête de lune et ces masques nuageux qui revenaient sans cesse à la charge ? Rue des Gentilhommes. Rue des Boucheries. Elles s'approchaient de la place de la cathédrale. Suroît les accompagnait dans leur lente marche silencieuse. Une fois arrivées devant le produit suprême de l'effort humain, ce titanesque vaisseau aux deux aiguilles de cristal, elles levèrent la tête vers la statue équestre qui surmontait l'édifice. Deux spots, un jaune et un bleu, rendaient au vigilant gardien du parvis un peu de sa majesté perdue. L'une des ombres recula, sans doute pour mieux contempler les merveilles pétrifiées. Suroît partageait son émotion. Lui-même en avait le souffle coupé. Un instant, il perdit le couple de vue. Lorsqu'il entendit soudain un cri étouffé, étranglé plutôt, il se retourna, mais ne vit rien, un nuage passant devant la lune. Il patienta dix secondes, en retenant son haleine. Quand la lumière fut à nouveau, il n'y avait plus qu'une silhouette, horizontale et immobile.

Il comprit aussitôt et s'enfuit en hurlant.

DEUXIÈME PARTIE

DE QUIMPER À PLOMODIERN

1

Dimanche 14 octobre 2001
7h45
Quimper

Plus un souffle de vent.

En ce petit matin frisquet, Quimper peinait à se réveiller, à l'image des eaux chargées de l'Odet qui s'étiraient dans leur lit en ronronnant d'aise, glissant lentement le long de la Rue de l'Hippodrome, puis se faufilant entre le Boulevard Dupleix et celui de l'Amiral de Kerguélen. Une silhouette immobile se tenait penchée sur la vieille rambarde rouillée du Quai du Parc et fixait la rivière de ses yeux vitreux. Elle ne voyait pourtant qu'une masse grise indéfinie et nauséeuse.

C'était Claude le clodo, barbe de prophète et chevelure ouatée, face décolorée piquée de trois sombres orifices sans fond, les deux premiers lui permettant de percer les quelques nappes de brouillard qu'il lui restait à traverser avant de toucher le port et le dernier d'absorber ses quatre litrons quotidiens de brume concentrée. Il était vêtu comme tous les jours d'un jean usé partiellement masqué par un vieux caban gris sale en drap grossier et chaussé de vieux croquenots à la gueule ouverte.

Claude s'arracha à la contemplation de la rivière. Il se traîna jusque dans la Rue du Roi Gradlon et s'arrêta face à la vitrine de la librairie celtique. Là, comme presque tous les jours, il se régala à la vue des couvertures colorées aux motifs spiralés et des dessins de ces héros mythiques, vous savez, ceux qui sont représentés le torse nu, pagne vermeil autour des reins, et qui, brandissant une épée à la garde multicolore, protègent de leur corps puissant une femme dont les cheveux roux ondoient dans le vent en recouvrant partiellement des seins nus.

La tête pleine d'images, il se dirigea ensuite vers la Place Saint-Corentin. Il s'apprêtait à remonter la rue Élie Fréron lorsque, redressant la tête, il aperçut une forme indistincte sur le parvis de la cathédrale, face au porche. En s'approchant, il se rendit compte qu'il s'agissait d'un homme, allongé sur le dos. Le haut de sa figure était caché par une manière de masque en étoffe noire, noué derrière la tête. Il se pencha pour affiner son diagnostic de témoin tardif mais il savait déjà qu'il avait affaire à un cadavre. "Des emmerdes en perspectives", se dit-il en se relevant. Sans se presser, il rebroussa chemin et se dirigea vers le café Le Berre, situé sur le quai, près de l'angle avec la Rue du Roi Gradlon.

Claude ne s'affolait pas. Mais il se sentait soudain plus triste, il était à nouveau seul avec un grand gris dans la tête. Les silhouettes frangées d'or des héros qui peuplaient ses rêves d'ivrogne et qui parfois l'accompagnaient, comme ce matin, dans ses marches solitaires, s'étaient évaporées.

Quand il entra dans le bar, Jo Le Berre se préparait à faire l'ouverture. Il disposait ses tables et ses chaises en chantonnant, une pipe entre les dents.

– Salut Cloclo, lança-t-il au vieil homme. Je t'offre un p'tit noir ?

– Merci. T'es bien bon, frère, répondit la cloche. Mais viens d'abord zyeuter le cané de la Saint-Corentin. Il nous attend près de la case de l'oncle éternel.

– Quoi ? Il y a un mort près de la cathédrale ? traduisit le mastroquet.

– Comme j'te dis. Aboule ta fraise.

Le Berre se précipita vers le macchabée, Claude se traînant derrière lui.

– *Put'n'C'hast*. Il est froid.

Une demi-minute de recueillement, puis :

– Viens, on prévient les perdreaux.

Le clochard ne se décidant pas à le suivre, il ajouta, afin d'atténuer ses réticences bien naturelles :

– Je l'arroserai ton cafiot, t'inquiète.

Un peu plus tard...

Étienne Fabian n'en revenait pas. Deux meurtres en une semaine. Deux meurtres dissemblables, mais tout aussi incompréhensibles.

Le lieutenant Le Moigne replaça sur la face du mort le voile qu'il venait de soulever. Il dit d'une voix blanche :

– Commissaire. Je le connais.

– Quoi ? rugit Fabian.

– Il s'appelle Yann Le Bihan. Il habitait dans mon quartier. Je l'ai croisé plusieurs fois dans le bar-tabac où je prends habituellement mon petit déjeuner.

Jacky s'adossa au porche et leva la tête. Il suivit des yeux le tourbillonnant voyage d'une feuille perdue, provenant sans doute de l'un de ces hêtres qui gardent la colline au delà de l'Odet.

– Yann. Un brave petit gars. Un jour, je l'ai invité à ma table. Il m'a raconté son histoire. Toute simple. Il venait de terminer ses études à l'IUT de Brest et avait décroché un emploi temporaire à Ys. Dans une imprimerie, je crois. Il vivait seul. Rentrait tous les week-ends chez ses parents.

La feuille se déposa sur le parvis et mourut elle aussi. Elle avait fait un grand voyage.

Jacky tourna vers Fabian un visage désemparé.

– Que se passe-t-il, commissaire ? Tout ça n'a aucun sens.

Le policier ne répondit pas. Il venait d'apercevoir la silhouette sombre du lieutenant Krafft qui s'engageait sur la place. Une fois arrivé devant le corps, celui-ci resta un moment immobile puis se pencha et souleva à son tour l'étoffe noire.

– Étranglé, fit le commissaire.

Bruno examina attentivement la blessure et le visage, horriblement déformé et bleui par l'hématome.

À ce moment apparut le médecin légiste, accompagné du juge Gripon. Visage en lame de bistouri pour le premier, en peau de chagrin pour le second.

Serrements de mains. Banalités. C'est moche devant un mort.

Le médecin rendit ses premières conclusions au terme d'un examen de trois minutes :

– Étranglé par derrière, apparemment à l'aide d'une corde fine. Le cadavre n'est pas encore complètement rigide. Il est mort vers minuit, plus ou moins une heure. Pas de trace de lutte, il ne s'est pas débattu.

– Le corps a-t-il été transporté ? demanda le juge.

– Je ne le pense pas. Il porte une veste fine qui se froisse facilement. Or, elle n'est plissée que dans la partie centrale du dos, ce qui s'explique parfaitement si l'on envisage une agression par derrière. Si le corps avait été transporté, il y aurait eu d'autres marques.

Sur un signe du légiste, deux policiers en tenue enveloppèrent le corps et le déposèrent délicatement sur une civière.

– Il a certainement vu son agresseur, remarqua Jacky. On ne peut pas imaginer une attaque par surprise dans un cadre aussi dégagé.

– T'as raison, admit Bruno. L'assassin s'est sans doute d'abord présenté en ami, du genre : "Salut, bel inconnu. Tu admires ce joyau de l'art gothique? Superbe, hein?" Ils ont fumé le calumet et puis hop, changement d'attitude. Et que j'te serre le kiki... Ou bien alors ils se connaissaient et sont venus ensemble.

– Cette seconde hypothèse, faudra la vérifier, Krafft, déclara le commissaire. Interrogatoire serré de toutes les connaissances du quidam.

– Je suis également chargé de ce macab?

– Même organigramme que pour Nervèze, Krafft. Le Moigne vous assistera.

– Vous pensez que...

– Je ne pense rien, coupa Fabian. À vous de voir. Allons interroger le fouille-merde qui a trouvé le cadavre.

Puis, se tournant vers Gripon :

– Monsieur le juge, je vous tiens au courant.

Le petit homme fripé qui faisait fonction de juge d'instruction n'était pas du genre à emmerder un commissaire. Et encore moins un commissaire Fabian. Il bredouilla un "je vous fais confiance" puis s'enfuit à petits pas rapides. Les trois flics se dirigèrent vers le quai. Le médecin légiste, le mort et les policiers en tenue s'étaient déjà éclipsés.

Le spectacle était fini. Les accessoires rangés. La place était à nouveau déserte. Le vent reprenait son souffle. Juste assez pour faire frissonner la feuille morte.

De grands carreaux au sol. Une odeur d'anis et de fumée. Un comptoir verni. Derrière, des photos jaunies du Quai de l'Odet, sous une ligne de trophées sportifs. Des strates de nicotine accentuant le jaune originel du mur. Une lumière avare faisant luire le crâne lisse de Jo le patron, frangé d'or comme les rêves de Claude.

– Trois cafés, s'il vous plaît, commanda Fabian en s'installant au bar, encadré par ses deux lieutenants.

Claude le clodo s'était recroquevillé dans un coin de la salle, devant un grand caoua dopé. Il borgnotait de temps en temps dans la direction du trio d'officiels.

Le commissaire ne perdit pas de temps :

– C'est donc vous qui nous avez avertis ? commença-t-il, s'adressant à Le Berre.

– Ouais, répondit laconiquement le bistrotier en faisant très légèrement vibrer le mégot coincé entre deux boudins roses, qui matérialisait le centre d'inertie de la partie haute du personnage. Inertie d'autant plus forte qu'il ne copinait guère avec ce genre de paroissiens.

– Et c'est ce clochard là-bas qui vous a prévenu ?

– Ouais.

Claude sentait qu'il allait bientôt être emmouscaillé à son tour. Il aspira une goulée. Bruno fut le premier à le rejoindre.

– Salut camarade. T'as p'têt des choses à nous dire ?

L'homme évita son regard.

– Ben, chef, il était raide mort quand j'l'ai dégoté. J'remonte la rue du père Gradlon. Il fait froid ici la nuit. C'est l'automne, patron. J'me réchauffe en m'paluchant la tête devant les images des rois de jadis et de leurs souris. Avant, j'sors d'mon pieu, sur le quai. Voilà, c'est tout. J'peux m'casser maintenant?

– Qu'est-ce qu'il raconte le traîne-lattes? s'enquit Fabian, qui venait de rejoindre Bruno. Il déroule tout à l'envers.

– Laissez-le-moi, chef, je m'en occupe, répliqua ce dernier. Puis, s'adressant à Claude : C'est quoi cette histoire d'images?

Ce fut Jacky qui répondit :

– Je l'ai déjà vu lécher la vitrine de la librairie, dans la rue conduisant à la place. Il peut y rester des heures, s'extasiant devant des couvertures de BD.

– Bon. T'as vu quelqu'un sur la place? continua le Lorrain. Un vivant, j'veux dire.

– Pas une ombre, m'sieur.

– Tu n'as pas touché au cadavre, j'espère.

– Sûr que non. J'connais les usages des flics, moi. Pas touche. Tu te tires si tu peux. Enfin... J'veux dire... J'suis allé prévenir Jo, moi. J'suis honnête. Que le devoir, patron, que le devoir. J'peux m'casser maintenant?

– Quand on te le dira, sale con! cracha le commissaire en levant le poing.

Il puait la haine.

– Oh, tout doux, fit Bruno, surpris. Il n'a rien fait de mal.

L'autre se leva et, furibond :

– Krafft. Je te reconnais bien là, charogne! Te voilà en compagnie de tes frères de race! Vas-y, continue à jacter avec cette larvasse, si ça te chante. Moi, j'me tire.

– C'est ça, tire-toi, gros porc !

Fabian se leva brusquement et sortit en claquant la porte. Le clodoche n'en revenait pas.

– Ben ça alors. Il est givré vot'boss.

– T'occupe, fit Bruno. C'est un taré. Dis-moi, la cloche, t'en penses quoi, toi, de cette affaire ?

Voilà maintenant qu'on lui demandait un avis, comme à un bourge. Il se redressa, prit tout son temps avant de répondre :

– Z'avez noté le masque ?

– Ouais. On dirait que le meurtrier a voulu cacher la face de sa victime.

– Ou seulement les yeux, proposa Jacky. Il a peut-être voulu lui fermer symboliquement les yeux.

– Pour ça, la ficelle autour du col aurait bien suffi, rigola le claque-dents.

Soudain, il frappa du poing sur la table. Jo s'était approché. Tous les regards étaient braqués sur lui. Pour une fois, il était pris au sérieux. Il agita donc un gros index velu, comme pour mieux souligner l'importance de la déclaration qu'il s'apprêtait à faire :

– J'n'ai qu'une chose à dire, collègues. Le type qu'a fait ça, ben, il l'a sacrément bien préparé son coup. C'est un givré, pire que votre lardu. Et z'avez pas fini avec lui, mes bons. Ah, ça, j'vous le promets bien, mes garçons. Z'avez pas fini avec lui.

18h00
Herboristerie de la Rue Bleue, Ys

Julien était tout seul dans son impatience. Il n'aimait pas bosser le dimanche, et encore moins *ce* dimanche. Mais il fallait bien préparer l'échoppe pour le lendemain et Julien Merrien était un préparateur consciencieux. Voilà. Plus qu'un bocal à ranger. Mais, qu'est-ce que c'était que ce machin ? *Agrimonia eupatoria*. "Aigremoine, astringente, favorise la sécrétion de bile", lut-il sur l'étiquette. Bof. Il le poussa derrière le sanguisorbe, au sommet de l'étagère. Puis il se laissa glisser au bas de l'échelle et courut ranger les bouquins que la mère Le Gall avait présentés la veille à ce journaleux qui voulait lui aussi tout savoir sur la ciguë. La grande, la petite, la vireuse... Après tout, c'était bon pour la boîte. Le gars avait acheté un livre et la patronne avait même réussi à le convaincre d'essayer une camomille : "*Chalmaemelum nobile*, sédatif, apaise les états d'anxiété." Il semblait effectivement stressé, le mec. Voilà. Tout était parfaitement rangé. Julien attrapa au vol d'une main son blouson et de l'autre le trousseau de clefs, puis le voilà dehors, fermant la porte.

Le temps était en attente : à peine gris, à peine humide, à peine venteux. On éprouvait généralement dans cette ville la sensation d'être au large des contingences de la vie, si bien que la grisaille n'était jamais celle du quotidien. C'était du moins ce que pensait Julien, dont les sens frémissants lui faisaient percevoir son environnement avec plus d'acuité que jamais. La mer bruissait tendrement en exhalant comme une âcre senteur d'amour sur la grève. Il en avait l'eau à la bouche. Il se voyait déjà palpant le corps parfait de sa si bien-aimée dans une anse sableuse, isolée, et ensoleillée comme en plein mois d'août. C'était incroyable ce qui lui arrivait. Une super-gonzesse qui le remarquait dans l'herboristerie et qui le lendemain l'invitait à sortir ! Puis qui remettait ça la semaine suivante, et encore aujourd'hui ! Après tout, pourquoi pas ? Il n'était pas pire qu'un autre. Peut-être un peu plus con. À peine.

Arrivé en bas de la Rue Bleue, Julien déverrouilla la porte de son petit appart, deux pièces au rez-de-chaussée. Il se dépêcha d'entrer, fila sous la douche, s'habilla d'un nuage fragrant puis, enveloppé dans son plus beau sape, il saisit une boîte de préservatifs et, "bientôt sept heures", se retrouva à nouveau sur les pavés gris-jaune de la Rue Bleue. Il prit à droite une petite transversale débouchant dans la rue principale d'Ys, qui était comme un rai de lumière dans le crépuscule. Quelque part dans cette zone incandescente, il y avait un endroit encore plus brillant, le cinéma.

Et devant le cinéma, une ombre, vraiment noire...

2

Lundi 15 octobre
9 h 00
Ys

– Il était avec nous depuis seulement un mois, mais ce laps de temps a été amplement suffisant pour pour nous permettre de reconnaître en lui un collaborateur de premier plan. J'étais très satisfait de son travail et je pense que nous l'aurions rapidement recruté de manière définitive sur un poste de responsabilité. Que voulez-vous que je vous dise de plus, messieurs ?

Les lieutenants Krafft et Le Moigne n'attendaient effectivement pas grand-chose de leur entrevue avec le patron de Le Bihan. Ils avaient pourtant été très cordialement reçus par le jeune et fringant directeur de la petite imprimerie, située pas très loin de l'IRLCD. Tous trois se trouvaient dans un vaste bureau vitré ultra-moderne qui dominait un grand atelier *high-tech* nacré, continuellement sillonné par des blouses blanches froufroutantes et infiniment actives.

– En quoi consistait son travail ? demanda Jacky.

– Il avait une formation d'informaticien. Nous l'avions chargé de préparer l'installation des nouveaux *graphical softs* que nous avons l'intention d'acquérir prochainement.

– Était-il bien accepté par ses collègues ? Pas de conflits ?

– Son travail le mettait peu en contact avec les autres collaborateurs de notre société, répondit le directeur. De toute façon, et d'une manière générale, messieurs, ici, les conflits se règlent dans l'œuf.

Le type était trop politiquement correct au goût du lieutenant Krafft. Il craqua donc une soufrante et éclaira sa sèche toute neuve, histoire de boucaner un peu les nasiaux du beau gosse.

– Je crois qu'il était plutôt du genre solitaire, continua le patron. Peut-être même un peu renfermé.

– Il ne bouffait quand même pas tout seul à midi ? demanda Bruno, embusqué derrière un nuage toxique.

– Euh, je crains que si, toussota le type. C'est du moins ce que l'on m'a rapporté. Mais si vous le souhaitez, je vous mets en contact avec notre *data processing pool*, au sein duquel...

– Nous en resterons là, coupa le Lorrain en se levant.

Et il sortit sans un mot de plus. Jacky haussa les épaules et le suivit, laissant derrière lui un industriel médusé par la manière pour le moins désinvolte qu'avaient certains fonctionnaires de police de mener leurs entretiens... Et surtout de les interrompre.

Jacky dut presque courir pour rattraper son collègue. Il le rejoignit près de sa voiture.

– Mais enfin, Bruno, s'indigna-t-il, à quoi tu joues ? Voilà un type qui nous propose ses services, grâce auxquels il nous était possible d'entrer en contact avec les collègues de travail de Le Bihan et tu interromps brusquement l'interrogatoire au bout de quelques minutes ! Encore heureux que tu te sois abstenu d'écraser ta clope sur son bureau... Ou bien entre ses deux yeux. Tu crois que c'est comme ça que l'enquête avancera ? On a déjà deux cadavres sur les bras et pas le moindre début d'un commencement de piste.

Krafft, adossé à la portière de la bagnole, reluquait ses grolles. Il joignit les mains, croisa les doigts puis fit craquer les jointures, geste qu'il savait agacer prodigieusement son collègue. Il resta encore silencieux une trentaine de secondes, puis finalement déclara en souriant :

– On perd notre temps ici.

– T'as mieux à proposer ? s'énerva l'autre.

– Non. C'est bien ça le blème. Mais la raison pour laquelle ton petit morveux s'est fait dessoudé, s'il y en a une, n'est pas à rechercher ici. C'était un type sans histoire, sans sève. Sa mort le dépasse complètement.

– Tu veux dire quoi ?

– Je n'sais pas ce que je veux dire, bordel. Je vois seulement qu'il y a une déconnexion évidente entre le mode opératoire plutôt baroque du meurtrier et la fadeur de sa victime. On ne trouvera pas l'assassin dans les placards de cette imprimerie de merde, Jacky. Le démon que nous recherchons est suffisamment malin pour ne pas s'être fait connaître auprès des collègues de sa victime.

Un silence se fit, à peine troublé par le ronronnement continu des presses, couplé au clapotis de la marée se hissant sur la Grande Digue.

Bruno, délicatement, le rompit :

– T'inquiète. De toute façon, on pourra toujours revenir ici si besoin.

Il ponctua cette phrase d'une tape sur l'épaule affaissée de son compagnon, qui, vaincu, le questionna timidement :

– Alors, on fait quoi maintenant ?

– D'abord, frérot, tu te calmes. Je n'aime pas bosser avec des angoissés. Ensuite, on va s'en jeter un dans le troquet que je vois là-bas, pas loin. Enfin, je te propose de finir la matinée dans ton quartier et de fouiller à fond le gourbi du refroidi. Après ça, on fait le point.

Jacky acquiesça sans un mot.

La cité Malgven était l'un des rares quartiers franchement modernes de Ker-Ys. Les bâtiments avaient été construits à la fin des années quatre-vingt, à l'emplacement d'anciens immeubles devenus trop vétustes pour être réhabilités. L'équipe municipale avait décidé de rebâtir dans un style résolument original : structures verticales en béton bleu, grandes baies vitrées à tous les étages, ascenseurs extérieurs dans des cylindres transparents. Le quartier était voulu comme un gage de modernité donné par la ville au troisième millénaire. Et finalement, le résultat n'était pas trop mal. C'était du moins l'opinion de Jacky, qui se plaisait à dire (après Racine) : "D'une éternelle paix, *Malgven* est le gage." Il s'y était installé quatre ans plus tôt pour y faire un marmot à l'ombre de la Grande Digue.

L'opinion de Bruno était-elle différente ? Personne n'en sut jamais rien. Quoi qu'il en pût être, il ne laissa rien paraître. Même pas ce jour où il entreprit de grimper l'escalier menant au quatrième étage de la résidence "Le Menhir", située au cœur du quartier.

– Tu te grouilles, bordel, lança-t-il à son compagnon. On n'a pas que ça à foutre. J'espère que tu n'as pas oublié la clef.

– Mais non, mais non, ahana Jacky. Tu sais bien que je pense à tout.

Arrivé sur le palier, Bruno repéra la porte de l'appartement de Yann Le Bihan tandis que son collègue lui tendait la clef en reprenant son souffle. Ils entrèrent.

C'était un logement de petite taille avec, à droite du seuil, la pièce principale flanquée d'un petit coin-cuisine aménagé et, à sa gauche, la chambre.

– Il n'y a pas de baie vitrée ici ? s'étonna Bruno.

– Pas plus que d'accès à l'ascenseur extérieur, confirma son collègue. Ces commodités sont réservées aux grands logements.

La salle de bains se trouvait face à l'entrée. L'ensemble était meublé de manière extrêmement sommaire, conformément au statut social du dernier occupant des lieux. Dans le salon, un matelas posé à même le sol voisinait avec une petite table en Formica encadrée par trois chaises dépareillées. La chambre faisait office de bureau. Elle était meublée en tout et pour tout d'une chaise, d'une seconde table du même genre que la première, supportant un rutilant ordinateur, et d'une étagère, du type à monter soi-même, enflée par une accumulation de boîtes de disquettes, de classeurs et autres bouquins informatiques.

– Ben dis donc, siffla Jacky, tu crois qu'on devra se payer le décrottage de toutes ces disquettes ?

Aucune réponse ne vint. Son collègue, qui furetait partout avec l'efficacité d'un Sherlock Holmes et la grâce d'un sanglier affamé, se contenta d'émettre un grommellement, qui d'ailleurs imitait à la perfection celui du spécimen des suidés susnommé. La vision de l'étagère sapait le moral de Jacky. Il changea donc de pièce et passa dans la salle de bains. Au bout d'une minute :

– Eh, Bruno, viens voir.

L'interpellé se précipita. Jacky venait de découvrir une boîte d'aspirine sur laquelle était griffonnée la lettre "Y", suivie d'un cœur transpercé d'une flèche puis de la lettre "A".

– *Yann aime A...*, traduisit Bruno. C'est pas vrai qu'il en était encore à ce petit jeu des graffitis. Dis donc, il n'était pas très mature, ton ex-puceau. Ex, parce que je suppose que la miss *A...* l'a déniaisé...

– Faudrait essayer de la retrouver. Elle sait peut-être quelque chose. Tu feras ce que tu voudras, Bruno, mais moi, je retournerai demain à l'imprimerie interroger les collègues de travail du gus.

– Toi, quand t'as une idée fixe, soupira Bruno. Mais O.K., O.K. Faudrait aussi rendre une petite visite à la famille. Et passer à l'IUT de Brest où il a fait ses études. Bon. Enfin, tout ça ne nous mènera pas très loin.

Jacky lançait puis rattrapait alternativement l'étrange support de la déclaration d'amour.

– Une boîte d'aspirine, murmura-t-il en fixant l'objet. Drôle d'idée...

Le lieutenant Le Moigne habitait au sixième étage d'un bâtiment issu, comme celui qu'il venait de quitter, d'un clonage immobilier : la résidence "Peulvan". Son logement était cependant bien plus spacieux et mieux meublé que celui de Yann Le Bihan. En outre, il avait droit, lui, à la baie vitrée et à l'ascenseur extérieur.

À cet instant de notre histoire, le propriétaire des lieux était en train de servir une bière à son intraitable collègue. Celui-ci s'était retrouvé assis au centre d'un confortable canapé en cuir, entre la poupée Pauline et le chien Nestor, les deux inséparables amis de la petite Céline Le Moigne. Bruno se sentait très mal à l'aise dans ce paisible cocon familial. Il promena autour de lui des regards en coulisse qu'il posa successivement sur un tableau représentant une chaumière sous la neige, sur une petite bibliothèque chargée de romans et de livres d'histoire puis sur une série de cassettes vidéo enfantines. Non, décidément, ici, Bruno n'était pas dans son biotope.

– Et si on abordait enfin le cœur du problème, suggéra l'hôte.

L'autre posa Nestor et Pauline sur la table basse.

– J'peux fumer ?

– Vas-y.

Il prit le temps d'aspirer trois bouffées salvatrices avant de s'enquérir :

– Je suppose que tu veux parler de l'existence ou non d'un lien entre les deux meurtres ? N'est-ce pas ?

– Bien sûr. T'en penses quoi, toi ?

– J'en pense qu'il y a deux cadavres et un assassin. Plusieurs raisons à cela. Tout d'abord, la proximité temporelle et géographique. Je ne suis pas le génial Ian Malcolm, mais je suppose que la probabilité pour que deux meurtres indépendants aient lieu en moins d'une semaine dans un rayon de vingt kilomètres doit être excessivement faible. D'autant plus que la Basse-Bretagne, ce n'est pas Chicago. Ensuite, il y a au moins un point commun entre ces crimes.

– Tiens donc. Moi, je n'en vois pourtant aucun.

Bruno avait quelque peu retrouvé son assurance.

– Si, continua-t-il, la préméditation. L'empoisonnement de Nervèze était un acte mûrement préparé. Il en est de même pour l'assassinat de Le Bihan. Je crois fermement que l'agresseur l'a délibérément mené de nuit sur cette place déserte parce qu'il voulait le tuer là, et pas ailleurs. Et puis, il y a le masque... Mais quant à la signification de tout ça, alors là...

– Bon, admettons qu'il n'y ait qu'un seul assassin, accorda Jacky. Mais alors, peux-tu me dire ce que les deux victimes avaient en commun ? À part le fait que tous les deux vivaient et travaillaient à Ker-Ys.

– Ça, c'est la question à cent balles.

Bruno se leva et se mit à tourner en rond comme un fauve en cage.

– Je ne le sens pas, le p'tit Bihan. Il n'a pas vraiment l'étoffe d'un héros tragique, ce mec. Pourquoi lui, nom de Dieu ?

– Et pourquoi Nervèze ?

– Ouais. Mais lui au moins, il est plus complexe. Il a encore des choses à nous raconter, le gars. Je me demande s'il est aussi net qu'on veut nous le faire croire...

Le policier se tenait debout devant la baie. L'évaporation progressive de la brume de mer sous les coups de boutoir du soleil de midi lui dévoilait la bordure sud de la Baie d'Ys : le port de Douarnenez, gardé par le phare de l'Île Tristan à l'entrée de la ria du Port-Rhu, et, plus loin, la Pointe de Leydé. Tout près, il y avait le trait de côte déchiqueté qui reliait tant bien que mal la pointe Beg an Ty Garde, face à Sainte-Anne-la-Palud, à celle de Tréfeuntec, servant d'appui méridional à la Grande Digue de Ker-Ys.

– Des crimes bleus, marmonna-t-il, tortueux comme le trajet des courants sous-marins.

18 h 00
IRLCD

Quentin avait installé une caméra vidéo sur son microscope, ce qui lui permettait de visionner les microstructures et les traces fossiles sur l'écran de son ordinateur et d'en enregistrer les images à volonté. Il pouvait en outre commander le déplacement des lames minces de roche sous l'objectif directement à partir de son clavier. Il utilisait de très grandes lames. Certaines d'entre elles lui permettaient de suivre les structures de manière continue sur toute la hauteur de l'échantillon, perpendiculairement aux strates, c'est-à-dire depuis le début de la première paléo-tempête jusqu'à la fin de la troisième. D'autres lames avaient été préparées à partir de coupes sériées faites parallèlement aux strates. Ces dernières dévoilaient l'état du biotope à un instant donné, pendant ou entre les tempêtes. Grâce à l'examen couplé de ces différentes lames minces, Quentin avait une vision dynamique et tridimensionnelle de son objet d'étude.

Aujourd'hui il s'intéressait aux instants ayant précédé la mort de l'annélide Lulu. Il essayait d'en déterminer la cause. Pour cela, il avait introduit sous l'œil de la caméra une lame mince préparée à partir d'une coupe faite au sein de la seconde tempestite, juste sous l'empreinte du cadavre de la bestiole. On y distinguait clairement une trace d'annélide anormalement irrégulière que le paléontologue interprétait comme le résultat de mouvements convulsifs. Juste à côté, il y avait un fragment de quartz centimétrique, probablement brutalement déposé au cours de la tempête, comme le suggéraient certains indicateurs sédimentologiques. La conclusion était évidente. Lulu avait été assommé par le déplacement rapide d'un grain de quartz en pleine tourmente.

"Voilà au moins un problème de réglé", soupira-t-il en s'étirant sur son fauteuil, avant d'allumer le dernier cigarillo de la journée. Son esprit quitta momentanément le mémorial paléontologique pour s'inquiéter de morts plus mystérieuses et bien moins documentées. Une lecture tardive de l'édition de Ker-Ys du canard régional venait en effet de lui apprendre l'assassinat d'un dénommé Yann Le Bihan. C'était quoi cette tempête meurtrière s'abattant soudain sur le Bout du Monde, qu'il croyait pourtant préservé des folies de la Pleine Terre ? Deux meurtres dans la même semaine ! Deux meurtres qu'a priori rien ne reliait !

Son attention se reporta à nouveau sur l'image des derniers instants de Lulu. Quel étonnant balbutiement de l'Histoire ! Mais là, l'agresseur n'était qu'un grain de sable, jouet d'une vague rendue folle par le déchaînement des cieux. Pas de préméditation.

À moins que les dieux n'existassent déjà et ne s'amusassent à rompre les fils ténus soutenant le destin des invertébrés ordoviciens ? En attendant Troie, Pompéi et... Ker-Ys.

La préméditation. La préparation consciente de l'acte. Voilà en effet la seule chose qui semblait réunir les deux crimes. Car pour le reste...

"Mon pauvre Antoine, pensa-t-il, dans quel merdier nous as-tu fourrés ?"

3

Mardi 16 octobre
Lever du jour à la Pointe de Tréfeuntec

L'aube quittait sa couche, drapée dans une soierie diaprée parsemée de bleuissures et d'ocelles violacées. Quelques traînées noirâtres y avaient été abandonnées, comme autant de souillures, par la longue nuit d'automne qui maintenant se recroquevillait dans son antre.

Bruno n'éprouvait pas le moindre plaisir à contempler ce brassage matinal de couleurs. Il n'y voyait que suintements et meurtrissures dans un ciel de funèbre augure. Debout près de sa voiture, il embrassa du regard la Grande Digue séparant en deux la masse fuligineuse des flots. Abritée derrière elle, la ville était comme un vaisseau fantôme immobile, enchâssé dans un halo laiteux.

Il s'engagea sur la chaussée large d'environ trois mètres qui surmontait la digue. Elle était protégée du vent et des embruns par un muret d'un mètre cinquante de haut. Du côté de la lagune, un simple parapet permettait aux promeneurs d'éviter les chutes. Un sentiment profond de solitude envahit le policier, isolé sur cette minuscule ligne courbe qui prétendait amputer l'océan de l'une de ses anses. La mer gémissait. Il entendait à peine le bruit de ses pas. Un instant, il hésita à continuer.

Mais il se reprit aussitôt, honteux d'avoir éprouvé cette peur enfantine, et avança plus rapidement. Soudain, il perçut un grondement, d'abord presque indistinct, puis de plus en plus net à mesure qu'il progressait. L'écluse méridionale était ouverte et permettait à la mer montante de s'engouffrer dans la lagune. L'ouverture était très large mais de faible hauteur, si bien que Bruno, en se penchant au-dessus du parapet, n'en vit que la partie supérieure, en voie de submersion. Elle ne tarderait pas à se refermer, dès que le niveau de l'eau aurait atteint la hauteur critique.

Il s'approchait déjà du Bassin Dahut, recouvert d'une forêt de mâts ondoyants et cliquetants. Le policier ne se rappelait plus qui était cette Dahut... Mais aucune importance. Une fois arrivé près du bassin, il descendit un escalier qui le mena sur la crête du mur le limitant au sud. Comme la hauteur maximale de l'eau dans la lagune était stabilisée, les chaussées des quatre bassins se situaient plus de deux mètres au-dessous de celle de la Grande Digue. Il continua sa marche pour rejoindre le quai, qu'il suivit ensuite jusqu'à l'IRLCD.

Bruno dirigea aussitôt ses pas vers la cafétéria située dans la partie ouest du bâtiment "Villes disparues". Il l'avait repérée lors d'une précédente visite. Une fois entré dans la salle, il alla vers la baie vitrée donnant sur le bassin, s'installa confortablement puis commanda un grand café et trois croissants. Sa manière à lui de bien débuter la journée.

Une journée qui de toute façon commencerait mieux que ne s'était achevée la précédente. Du houleux tête à tête entre le lieutenant Krafft et le commissaire Fabian, il valait mieux ne pas parler. Les invectives qu'ils s'étaient jetées à la figure avaient au moins eu le mérite de crever l'abcès et d'éviter (ou de retarder) l'irrémédiable. Une plus grande autonomie avait même été accordée à Bruno par son supérieur qui, en contrepartie, l'avait menacé de supplices lucifériens en cas d'échec. Mais le Lorrain ne craignait pas le soufre. Au cours de cet entretien, Bruno avait tout de même appris que les premières constatations du légiste avaient été confirmées par l'autopsie : Yann Le Bihan était bien mort par strangulation entre minuit et une heure dans la nuit du 13 au 14. En outre, l'analyse du contenu stomacal avait révélé que la victime s'était payé un bon gueuleton dans l'heure précédant sa mort. "...En tête à tête avec son meurtrier ?", se demanda Bruno.

Il engloutit d'une bouchée les trois quarts d'un croissant.

Il pensa à Jacky qui avait prévu de retourner à l'imprimerie en début de journée puis de faire un petit tour jusqu'à Brest, afin d'interroger les parents et amis de Le Bihan. Lui, en revanche, avait décidé de consacrer cette matinée au Professeur Antoine de Nervèze. "Il a sûrement encore des trucs à raconter, le prof-macab", se dit-il en dégustant son arabica. En tout cas il l'espérait, car pour le moment, l'enquête sur l'empoisonnement du second Socrate était au point mort. L'épluchage des listings de courrier électronique que lui avait confiés la belle Corinne Le Gall n'avait rien donné. Mais le contraire n'eût-il pas été fort étonnant ? Le policier sentait qu'il avait face à lui une sacrée pointure de criminel, pas du genre à laisser traîner son nom n'importe où...

Il resta encore quelques instants à rêvasser puis se leva lourdement et sortit en clappant des godasses. Il les dirigea vers le bureau du directeur de l'Institut, qui souhaitait le voir (dixit Fabian).

Bruno s'apprêtait à frapper à la porte du bureau directorial quand celle-ci s'ouvrit brusquement pour laisser passer une jeune silhouette, courant et pleurnichant, que le flic reconnut pour être celle de Brigitte Brigaud, la passerinette. La voix grêle du directeur s'aventurait dans les suraigus pour tancer la belle :

– ...Et je ne veux plus entendre de tels ragots indignes de vous, madem...

Il coupa net en découvrant la tronche du lieutenant Krafft encadrée dans l'entrebâillement.

– Vous disiez, monsieur le directeur ?

– Euh... Rien... Rien qui puisse faire progresser votre enquête, lieutenant, nasilla la tête chafouine, montée comme une toupie sur un corps de baleine qui battait sans cesse des nageoires.

– Vous vouliez me voir ? s'enquit Bruno d'un ton exquis.

Un instant démonté par l'arrivée inopinée du policier, le directeur reprit rapidement de l'assurance et dit avec une certaine agressivité :

– Hier j'ai contacté votre supérieur et lui ai fait connaître mon sentiment au sujet de la progression de votre enquête. Lieutenant, il y a bientôt une semaine que...

– C'est tout ce que vous aviez à me dire ? coupa Bruno.

– Euh... Je voulais aussi vous demander...

– Stop !

Le Lorrain avait levé le bras. Il s'approcha du gros homme à le toucher et lui glissa à l'oreille, en fixant l'énorme nombril de la statue jaune affalée derrière lui :

– Je n'ai qu'une chose à te dire, mon gros Bouddha : va te faire empaffer à Sodome.

Il claqua la porte sur cette mémorable parole, laissant le vibratile personnage totalement désemparé, tête affaissée, bras pendants.

Les rayons d'un soleil, ce jour-là généreux, pénétraient par de nombreuses ouvertures dans le couloir traversant le "Centre d'Étude des Lettres Grecques et Latines". Bruno était content. Il souriait en se dirigeant vers le bureau de Brigitte Brigaud, situé près de celui de Nervèze. Il frappa à une porte jaune transpercée par des sanglots. Et entra. L'oiselle était recroquevillée derrière un bureau fonctionnel, couvert de platoniaiseries et autres fadaises. Elle ne réagit pas à l'entrée du flic.

– Mademoiselle, pourrais-je vous poser quelques questions ?

La fille releva le nez, s'essuya les yeux :

– Je suppose que je n'ai pas le choix, renifla-t-elle.

Bruno s'installa sur l'infâme tissu à carreaux recouvrant une chaise bancale. Il prit une clope, la montra à l'helléniste qui fit un signe d'assentiment.

Il l'alluma, créa son petit nuage puis engagea les hostilités, sans perdre de temps :

– Je vous ai aperçue à la sortie du bureau du directeur. Pourrais-je savoir quel était le sujet de votre conversation ?

Brigitte se reprit à sangloter. Le policier attendit la fin de l'ondée. Patiemment. Il était content.

– Le sujet était... Antoine, hésita-t-elle.

Un silence. La suite ne voulait pas venir. Du coup, Bruno enfla (un peu) la voix :

– Eh bien ?

– Eh bien... Je... Nous...

Elle aspira une grosse goulée d'air vicié puis se lança :

– Eh bien voilà, inspecteur. Antoine m'avait... J'ai subi... Comment dire ?

– Il vous baisait ? suggéra le lieutenant avec un grand sourire.

Brigitte se redressa sur son siège et, pivoine, protesta :

– Non. Non. Il m'a simplement fait des avances... un peu poussées.

Ça, ça plaisait bien à Bruno. Un peu de sexe, ça pimente les histoires policières qui tendent à s'enliser.

– Depuis longtemps ?

– Oui, ce n'est pas nouveau. Je n'ai jamais cédé, notez-le bien. Au début, ça m'amusait. J'étais même un peu flattée. Mais il était de plus en plus insistant. La situation devint rapidement insupportable. C'était mon directeur de thèse, inspecteur, et j'étais en contact avec lui quotidiennement.

Le policier attendait la suite.

– Je n'en ai jamais parlé à personne, poursuivit-elle.

– Vraiment ? Pas même à vos parents ? À un petit ami ?

– À personne, martela-t-elle, du moins pas avant aujourd'hui.

Elle s'interrompit le temps d'allumer une blonde.

– Ça s'est gâté peu de temps avant sa mort. Ce jour-là, il a été franchement odieux. Je lui ai dit d'aller se faire foutre. Il est devenu furieux, a menacé de torpiller ma thèse si je continuais à refuser de coucher avec lui.

– Ça s'est passé quand exactement ?

– Au début de la semaine dernière. Lundi, je crois.

– Continuez.

– Il a gueulé : "Sale chienne ! Toutes les mêmes, des salopes qui ne savent pas assumer." Il me faisait peur. Ses yeux... Vous auriez vu ses yeux... Il avait un regard de fou. Il est sorti en claquant la porte.

– Il ne vous a rien dit d'autre ?

– Si. En sortant, il a grogné de manière à peine perceptible quelque chose comme : "T'es pareille que l'autre..." Ou bien : "Tu m'en rappelles une autre", je ne sais pas exactement.

– Est-ce que vous vous êtes à nouveau parlé depuis ?

– Non. J'ai aidé Goal et les autres à préparer sa conf'. Je ne pouvais pas laisser tomber les copains. Mais je n'ai plus adressé la parole à cette ordure.

– Un beau salopard, résuma l'auditeur.

Il se doutait bien que derrière le vernis et la première couche de peinture se cachait un portrait moins "grand public" du populaire et brillant professeur. Il examina la belle Brigitte. Elle était pâle, sa lèvre inférieure et ses mains tremblaient. Apparemment, elle gardait de la scène un souvenir terrible.

– Que comptiez-vous faire, dans ces conditions ? Continuer votre thèse ?

– Je ne sais pas. Sans doute. Je m'arrange très bien avec Goal. J'ai des amis ici. S'il m'avait encore emmerdée, je l'aurais menacé de dévoiler ses sales pratiques au grand jour.

"Ouais. T'aurais pas tenu longtemps, ma belle, pensa Bruno. Je connais ce genre de pourritures. Ce sont des sangsues, des tiques. Impossible de s'en défaire."

– Mais pourquoi avoir raconté tout ça au directeur ? demanda-t-il.

Là, elle rigola franchement.

– Parce que je suis une imbécile, inspecteur. Je me fiais à lui. Il m'avait toujours donné l'impression d'un type sur lequel on pouvait compter. Comprenez-moi. Après la mort d'Antoine, je me suis demandé si son assassinat n'était pas en relation avec... Enfin, vous me comprenez. Il avait un regard de fou. Il a peut-être fait ça à une autre fille... Ou pire encore. Mais avant d'aller voir les flics... Oh, pardon...

– Continuez.

– Eh bien, j'ai voulu prendre conseil auprès de quelqu'un de confiance. J'ai pensé à Yves, le directeur. Quelle connerie ! Ce n'est qu'un politicard à la noix. Quand je lui ai raconté la scène, il a paniqué et a exigé le silence. Quel sale con !

Elle se tut quelques instants, puis :

– Excusez-moi. Tout cela n'a sans doute aucune importance. Je vous fais perdre votre temps.

Bruno ne répondit pas. Il réfléchissait. Il se leva soudain et quitta la pièce en lâchant un vague "Merci." Il frappa aussitôt à la porte du bureau voisin, celui de Jacques Goalvoueden, et entra sans y avoir été invité.

Quimper

Nicolas Kerber était assis tout seul dans la grande salle sombre du Laboratoire d'Étude et de Surveillance de l'Atmosphère (LESA). Il venait de relever les informations fournies par les différents capteurs de pollution disséminés dans la région quimpéroise. Il devait maintenant les traiter grâce aux programmes informatiques qu'il avait lui-même mis au point. C'était son labeur quotidien, et il le méprisait. Nicolas était un chercheur dans l'âme, qui détestait cette fonction d'ingénieur d'étude dans laquelle on l'avait cantonné. Mais il appartenait à un laboratoire municipal. Ici, on n'en avait rien à foutre de l'atmosphère de la terre primitive.

Enfin, il n'était pas chiant, l'employeur, fallait reconnaître, puisqu'il tolérait que son ingénieur consacrât une partie de son temps de travail et utilisât les moyens du laboratoire pour son activité de recherche personnelle. Il n'avait donc pas le droit de se plaindre.

Kerber serait-il un ingrat ?

Non. Un frustré seulement. Frustré de ne pas avoir été recruté au CNRS, où il aurait pu officiellement, au grand jour, se livrer à ses travaux. Mais on avait jugé son dossier scientifique insuffisant. Tu parles ! Il n'avait jamais voulu courtiser les grands pontes, voilà tout. La lèche, c'était pas son truc. Alors, il avait été mis sur la touche.

Et il lui fallait maintenant traiter les données du jour. Esclave soumis, il s'installa devant son clavier et tapota.

Sa femelle, chaude... humide...

Il essaya de se concentrer sur son travail. Mais elle dansait entre lui et l'écran et elle était nue. Elle l'empêchait d'accéder aux touches. Elle se lovait contre sa souris. Il savait que ce n'était qu'une vision. Mais qui lui tendait les bras. Alors il s'approcha. Elle se caressa les seins. Il se pressa le sexe. Elle écarta les jambes. Il ouvrit la bouche... Et elle disparut en riant.

Longtemps résonna sa voix ironique, irritante, cruelle, insupportable, terrible...

Nicolas se jeta sur sa tasse de café et engloutit en tremblant le peu qui en restait. Il était froid. Piètre remède contre l'incendie qui le ravageait.

Esclave soumis, il re-tapota.

Ils se voyaient une ou deux fois par semaine. Il l'adorait et la craignait. Il n'aurait pas su dire exactement pourquoi, mais il sentait qu'elle aimait le sang. Peut-être parce qu'elle le mordait. Peut-être parce qu'elle se donnait à fond quand ils baisaient. Mais vraiment à fond, c'était à chaque fois comme une interminable glissade sur une pente sans fin. Elle criait, pleurait, elle se convulsait. Il gémissait. À chaque fois, il s'étonnait d'être encore vivant, après.

Tout à coup, il sentit qu'il n'était plus seul dans la pièce. Il eut froid. C'était elle. Il avait chaud. Il ne se retourna pas, resta assis. Il tremblait. Il bandait. Une main le frôla. Il leva la tête qui fut, comme d'habitude, transpercée par le bleu, un bleu laser. Un regard bleu.

Il était fou d'elle...

...Et en mourrait.

Au même moment, à Ys

– Alors, Goalvoueden, on ne me dit pas tout ?

Bruno se trouvait face à l'helléniste morne et à un autre homme qu'il ne connaissait pas, un petit épais affligé de lunettes affaissées sur la pointe d'un nez effilé. À la demande du policier, l'inconnu se présenta, d'une voix sibilante : Robert Briend, professeur de latin. Oui, il connaissait bien Antoine de Nervèze. Non, ce n'était pas un véritable ami. Une relation de travail, tout au plus.

L'homme gris fixa l'homme sombre, plus menaçant que jamais, car il n'était plus content.

– Que voulez-vous dire, lieutenant ?

– Ignoriez-vous que Nervèze n'était qu'un sale cochon de vicelard ?

– Qu'est-ce qui vous permet de... ?

– Ta gueule ! gronda Bruno. Tu te mets à table, maintenant. Et vite ! Je n'ai plus de temps à perdre avec des connards de seconde zone comme toi. Que savais-tu de la vie sexuelle de ton collègue ?

Les deux universitaires avaient pâli. Ils se regardèrent un instant et ce fut Briend qui siffla le premier :

– Des ragots ont circulé... Il est vrai qu'il y a eu des histoires dans le passé. Oh, rien de méchant. Quelques coucheries, de-ci de-là.

– Avec qui ? Des enseignantes ou des étudiantes ?

– Des étudiantes, parfois... Vous savez, c'est courant à l'université. Elles sont majeures, elles font ce qu'elles veulent.

– Mais le veulent-elles toujours ? Il ne profitait pas un peu de sa situation privilégiée, le confrère, par hasard ? Du genre chantage aux notes ou bien : "Viens chez moi et t'auras un beau rapport" ? Si vous voyez ce que je veux dire.

Pas de réponse. Il se tourna vers Goalvoueden :

– Et vous, Goal, qu'est-ce que vous dites de tout ça ?

Le grison ne se pressa pas de répondre.

– Des ragots, lieutenant. Seulement des ragots...

– Vous n'avez pas une petite histoire bien croustillante à me raconter ? Même si ce n'est qu'un ragot, j'accepte.

Il fixa le latiniste.

– Monsieur Briend, je sens que quelque chose vous démange. Attention, monsieur Briend. Ceci est une enquête criminelle. Votre devoir est d'aider la police...

Il compléta d'une voix menaçante :

– Votre devoir... et votre intérêt !

Le lettreux craqua :

– Écoutez lieutenant, c'était il y a deux ans. Sophie. Elle faisait sa thèse sur Aristophane avec Antoine. Elle l'interrompit brutalement au bout d'une année. Tu te souviens, Jacques. Personne ne comprit pourquoi.

Il baissa les yeux, ce qui fit glisser ses carreaux jusqu'à l'extrême bord du piton. D'une voix presque inaudible, il susurra :

– Moi, j'ai ma petite idée.

– Qu'est-ce que tu veux dire ? s'étonna Goalvoueden.

– Je ne t'en ai jamais parlé, Jacques. Mais un jour que je passais devant le bureau d'Antoine, j'entendis des cris étouffés. Étonné, je frappai à la porte et demandai si tout allait bien. Après quelques secondes de silence, je perçus à travers le battant une voix mal assurée, celle d'Antoine, qui m'affirma qu'il n'y avait pas de problème et qui m'ordonna de continuer mon chemin. Ce que je fis. Sophie donna sa démission deux jours plus tard.

– Et vous n'êtes pas allé vous expliquer avec ce salopard ? s'indigna Bruno.

Le chuintant universitaire remonta ses lunettes.

– Euh... Ce n'était pas...

– ...Votre affaire ! termina le policier.

Il était écœuré par ces faces de carême qui, loin du monde des vivants, ne savaient que se couvrir quotidiennement de toiles d'araignée en frôlant silencieusement les murs le long de couloirs menant d'une salle poussiéreuse à une bibliothèque puante. Consciences momifiées, à la bouche close.

– Et vous n'avez même pas cherché à savoir ce qu'elle était devenue ?

Bruno se tira sans attendre une improbable réponse.

Une fois dehors, le policier se gorgea d'air iodé. Il s'éloigna de l'institut et partit à la quête d'un restaurant.

Le niveau de l'eau dans la lagune était à son maximum.

Et la ville patientait, sous le regard blasé du grand lumignon céleste.

4

Mercredi 17 octobre au matin
"Aux deux palais", Ys

Bruno et son compère avaient établi leur quartier général provisoire dans le bar le plus proche de l'IRLCD, Rue des Palais. Nombreux étaient les universitaires qui y avaient leurs habitudes. Le va-et-vient bruyant de la gent trotte-menu estudiantine, surtout de celle portant robe, bas fins et accessoires complémentaires, rendait à Bruno un peu de sa philanthropie native, de son humanisme naturel, que le flux des agressions quotidiennes avait légèrement érodés. Tiens, un exemple de contrariété : pourquoi le patron tardait-il tant à apporter leur commande ? Ça faisait bien un quart d'heure qu'ils étaient là à poireauter.

Bah ! À vrai dire, rien ne pressait. Pour l'heure, le policier admirait béatement un somptueux Prix de Diane, sans aucun doute la pouliche la plus gironde de l'écurie, qui se dirigeait vers le bar au rythme lent d'un incroyable déhanchement, véritable défi aux lois de l'équilibre. Il la suivit d'un regard fiévreux, jusqu'à encadrer la tête ronde et rigolarde du copain Jacky.

Bruno esquissa alors un demi-sourire et tapa sur l'épaule de son ami.

– Bon. Au boulot, dit-il. Assez rêvassé.

Il relata donc à son rouquin de collègue les résultats de ses investigations de la veille. Il lui parla en particulier de la mystérieuse Sophie.

– Dis-moi, Jacky, il me semble t'avoir entendu prononcer ce prénom au début de l'enquête. Te souvient-il à quelle occasion ?

– Oui. Parmi les lettres que j'ai découvertes dans le logement de Nervèze, le jour où j'ai procédé à sa fouille, il y en avait en effet qui étaient signées d'une certaine Sophie.

– Te rappelles-tu leur contenu ?

– Non. Ça ne m'avait pas frappé. Je croyais qu'il s'agissait de lettres de rupture ou de quelque chose du genre.

Dédé le patron, un grand velu au sourire édenté, apporta deux bières et s'abstint de tout commentaire. Ayant identifié les deux pèlerins, il ne trouvait rien à leur dire.

– Et côté Le Bihan, interrogea Bruno, quoi de neuf ?

– Que dalle ! Je me suis tapé les parents éplorés, les collègues d'IUT. Rien. Un type sans histoire. Mais t'avais raison sur un point : le gars était un puceau notoire.

Jacky plongea le regard, puis les lèvres dans sa bière. Il n'y trouva aucune réponse aux nombreuses questions qui le tourmentaient. Mais elle était bonne quand même et ce fut après un soupir d'aise qu'il ajouta :

– Le pauvre vieux !

Début d'après-midi

– Salut Dédé !

– Hé, Quentin, Nolwenn ! Installez-vous. Je m'occupe de vous.

– Tu nous mettras deux petits noirs, s'il te plaît.

Les deux thésards rejoignirent leur place habituelle. De là, ils voyaient la petite rue pavée qui reliait les palais mythiques de Gradlon et de sa fille. Ou plutôt leurs emplacements supposés, là où depuis avaient été bâtis l'Hôtel de Ville et l'IRLCD, respectivement.

– Tu as achevé ton modèle numérique ? demanda Quentin.

– Oui. J'ai maintenant tous les éléments, il ne me reste qu'à résoudre l'énigme. La fameuse énigme de la Villa de l'Amour !

– C'est de toi, ce nom ?

– C'est mieux que "Villa de la Mort", non ? Même si cette seconde appellation aurait certainement été plus appropriée. Sais-tu que cette maison était l'une des plus proches du Vésuve ? Elle était située tout près de celle de Diomède, dans laquelle ont été trouvés, à la fin du XVIIIe siècle, dix-sept corps de femmes et d'enfants. Apparemment, ils s'apprêtaient à fuir et avaient préparé des provisions que la rapidité du désastre ne leur laissa pas le temps d'emporter.

– Intéressant. Mais pour en venir à ton énigme, je ne comprends toujours pas pourquoi tu refuses de croire à un simple assassinat. Tu as un type allongé, un couteau dans le dos, au pied d'une couche supportant un couple. Que veux-tu de plus ? L'amant tue le mari (ou équivalent) puis fête ça avec la femme, sa complice. Entre nous, ils auraient pu se débarrasser du corps avant de faire l'amour. Mais sur cette heureuse terre, cette *Campania felix*, tout n'est-il pas permis ? De toute façon, le Vésuve, instrument de la justice céleste, s'apprête à hoqueter une vengeance digne des dieux de l'époque et...

– Quentin, arrête ! J'ai comme l'impression que tu ne prends pas mon boulot au sérieux. Pourtant, quand je le compare au tien... Entre nous, tu sais, le destin de ton annélide Lulu...

Le paléontologue sourit. Serait-elle fâchée ?

– Mais si, ma belle, je respecte ton travail. En tout état de cause, dans ton boulot comme dans le mien, n'est-ce pas la démarche qui importe plus que l'objet d'étude ?

Nolwenn lui rendit son sourire. Elle en réserva un autre à Dédé qui apportait les deux cafés. Puis elle retourna à Pompéi :

– Je ne sais pas si c'est la souffrance due à la chaleur des cendres et à la raréfaction de l'air ou bien la jouissance qui a tordu le corps de la fille. Quoi qu'il en soit, la position des corps est sans ambiguïté : ils baisaient, Quentin. Cet après-midi, je vais effacer virtuellement la femme de mon modèle afin de reconstituer la position exacte du gars qui se trouve dessous. Il faut aussi que j'analyse le cou du type par traitement d'images : il y a une marque étrange que je ne comprends pas...

Quentin souriait toujours.

– Nous sommes les poètes de la science, les scrutateurs passionnés des instants sans importance enfouis sous le poids des millénaires...

– ...Mais miraculeusement préservés.

Nolwenn ajouta après un silence :

– Notre boulot n'est pas si futile, Quentin.

Puis minauda :

– N'est-ce pas, chéri ?

Le paléontologue l'embrassa avant de reprendre, sur un ton différent :

– La mort d'un innocent annélide, ou celle d'un antique Pompéien, ne mérite-t-elle pas autant d'attention que la disparition d'un nuisible contemporain ? Fût-il homme et savant ?

Quentin ne souriait plus. Nolwenn le fixa dans les yeux :

– Si je comprends bien, Brigitte t'a raconté ses problèmes avec Antoine...

– Oui, elle m'a passé un coup de fil hier soir, marmonna le scientifique.

– À moi, elle a rendu visite en fin de journée. T'en penses quoi, de son histoire ?

Quentin tapotait le rebord de sa tasse vide avec sa cuillère.

– Je suis complètement écœuré. Tu connaissais à peine Antoine mais moi, je le considérais comme une personne de confiance. Je ressens ce qu'il a fait à Brigitte – et à combien d'autres ? – comme une trahison morale. Comment peut-on se tromper à ce point sur quelqu'un ?

Il demanda après un instant de réflexion :

– Dis-moi, tu m'as bien dit que tu avais rencontré Antoine une semaine avant sa mort ?

– Oui, le mercredi ou le jeudi de la semaine précédente.

– Donc, bien avant la scène avec Brigitte, qui a eu lieu deux jours avant sa conférence... Tu penses toujours que ce n'était pas à elle qu'il faisait allusion quand il t'a dit qu'il était inquiet au sujet d'une personne de ta connaissance ?

– Non. N'oublie pas qu'elle était présente lorsqu'il m'a demandé de le suivre. Si sa révélation avait concerné Brigitte, il me l'aurait faite dans un autre lieu et à un autre moment.

– Alors, qui ? lança-t-il brutalement en frappant du poing sur la table. De qui donc voulait-il parler ?

Nolwenn eut un mouvement de recul.

– Excuse-moi, ma chérie.

Il lui caressa la joue.

Le soir

Dédé ressentait un peu de fatigue, comme tous les soirs à l'heure de la fermeture. Il n'y avait plus qu'un seul client, qui sirotait silencieusement son whisky au bar. Le patron le connaissait bien et l'appréciait : c'était Julien, le préparateur de l'herboristerie. Un bon gars. Un peu coureur peut-être. Il venait ici de temps en temps pour accompagner la fermeture. C'était un de ces amateurs de l'éclairage minimum. Il en connaissait d'autres, de ces oiseaux de nuit venant s'abriter dans la chaude pénombre de son bar, quand il n'y avait presque plus personne. Dédé en profitait parfois pour refaire le monde en leur compagnie. Mais aujourd'hui, le client n'était pas causant. Un sourire flottait sur son visage angélique et le bistrotier devinait qu'au fin fond de ses yeux gris, il y avait un rêve, un espoir, enfin quelque chose de bien. De bien et de beau. Alors Dédé était content et rangeait ses chaises sans se presser, afin de lui laisser le temps... Quand il eut terminé, il fut heureux de découvrir un coin qu'il avait oublié de balayer. Il répara cette négligence puis, le menton appuyé sur le manche de son outil, il se demanda s'il ne cachait pas lui aussi un rêve, un espoir, quelque part au fond de lui-même. Mais non, il ne voyait rien et c'était normal. Dédé n'était pas un type compliqué. Il était simplement heureux et n'espérait de la vie rien d'autre que la continuité de son état présent.

Julien se leva, serra la main du tenancier qui l'accompagna dehors. Le patron suivit du regard la silhouette du jeune homme, se détachant sur fond de lune et se dirigeant vers la Rue Bleue. Quand il eut disparu, Dédé remonta la Rue des Palais, sa rue, sur une vingtaine de mètres, jusqu'à un endroit d'où il pouvait apercevoir, entre les murs des maisons, les mâts chantants du Bassin Gradlon. Il écouta pendant quelques minutes leur sérénade et la musique des vagues, puis rentra.

Durant les deux jours qui suivirent, l'enquête ne progressa guère. Jacky continua à fouiller (en vain) dans la vie tranquille de Yann Le Bihan, tandis que Bruno tentait de découvrir les facettes cachées de la personnalité de Nervèze. Il retrouva l'ex-étudiante qui avait dû démissionner pour échapper aux avances trop pressantes de son directeur de thèse, une dénommée Sophie Glévarec. Elle s'était depuis installée à Morlaix où elle travaillait dans un bureau d'étude. Elle confirma ce que le policier savait ou devinait déjà, c'est-à-dire qu'elle brossa un portrait sans nuance de l'universitaire, sous les traits d'un infâme personnage profitant de son aura pour assouvir ses sales convoitises. Elle avait supplié par écrit son tourmenteur de cesser ses manœuvres avant qu'il ne fût trop tard. Cela n'avait servi à rien. C'étaient bien entendu ces documents que Jacky avait retrouvés dans la chambre du mort et qu'il avait (trop) rapidement interprétés comme des lettres de rupture d'une ex-amie.

Bruno retourna également à Kerlaz où il fit à la mère d'Antoine un portrait de son fils bien différent de l'icône officielle. Les traits de la vieille femme se durcirent dès que le policier commença à dérouler son récit. Lorsqu'il eut fini, elle affirma ne rien savoir de tout cela et surtout ne pas vouloir en connaître plus. Pressée de questions sur les occupations et les fréquentations de son fils, elle se contenta de répéter ce qu'elle avait déjà dit, en citant à nouveau le nom du seul véritable ami qu'elle lui connaissait : Jean Le Meur, le professeur de français mort au printemps dernier.

Samedi 20 octobre
À la tombée de la nuit

Julien Merrien allait bientôt mourir sous la pluie.

Il pleuvait depuis l'aube sans discontinuer. Cela n'avait pas empêché les gens de se balader. Les navettes maritimes d'Ys avaient sillonné la baie durant la marée basse, dans le but de remplir la cité basse de joyeux badauds clapotants. Les bourgs des environs avaient dégorgé leurs Bretons sortant prendre l'eau comme autant d'escargots ou de bigorneaux pour ne réintégrer leur coquille de pierre qu'au crépuscule. Seul un site, pourtant habituellement fréquenté, était resté désert toute la journée : le majestueux Menez Hom n'avait accueilli personne ce samedi dans la combe nuageuse qui séparait ses deux sommets. Lui, qui d'habitude était si accueillant, refusait le monde les jours de grande pluie. Il craignait en effet que des porteurs de cornes aux pieds fourchus ne se mêlassent aux promeneurs bottés et encapuchonnés. La raison en était qu'un jour pluvieux, il y avait de cela très longtemps, un démon avait franchi la combe. Menez, bonhomme, lui avait offert sa croupe sans méfiance. Quelle erreur ! Par sa faute, la grande cité marine qui embellissait un coin de son panorama avait été engloutie quelques jours plus tard. Depuis, quand il pleuvait, il refusait le passage aux boucs, aux incubes, aux succubes, aux korrigans, aux lutins et autres larves. Bref, il ne voulait recevoir aucun être à semblance humaine.

Maintenant que le soleil avait tiré ses rideaux de lit, dégoulinants, le monde était rentré et, bien au chaud derrière la muraille d'encre de Chine de la nuit, les amours, les repas, les haines, les jeux télévisés, les rancœurs et les conversations s'exprimaient ou se déroulaient sans heurt. Les bons pères de famille grillaient des châtaignes en racontant à leurs petits enfants des histoires du temps jadis. Puis ils les couchaient avec leurs doudous en souhaitant qu'un beau rêve vînt les visiter.

Les restaurants et les cinémas étaient presque déserts.

Le cinéma "La Sirène", Rue Gradlon à Ys, ne faisait pas exception à la règle. Le film qu'il passait n'était d'ailleurs pas propre à exciter autre chose qu'une envie de bâiller chez les rares spectateurs, les solitaires du moins. Car les couples, eux, n'éprouvaient pas le même genre de désir, même si le spectacle les laissait tout aussi indifférents. Julien et sa compagne satisfaisaient le leur pour la seconde fois de la soirée. Quand le mâle eut mené l'action à son terme, il se renversa dans son fauteuil et poussa un soupir d'aise, ce qui fit se retourner, deux travées devant lui, une souriante jeune femme. Julien lui rendit son sourire, puis tourna son regard vers le bleu étrange des yeux de celle qu'il pensait être son amie. Il eut un moment de stupeur en découvrant près de lui une face hideuse, haineuse, à la place du visage adoré. Il ferma les yeux aussitôt. Quand il les rouvrit, l'affreuse vision s'était évanouie, pour laisser place aux joues roses, à la bouche pourprine, aux cheveux de jais, aux dents de jade, aux yeux d'abysse qu'il aimait tant. Il oublia donc de s'inquiéter de ce qu'il avait rapidement entrevu. Le film terminé, ils montèrent tous deux dans la voiture de la fille, qu'elle démarra aussitôt. Julien ne posa aucune question. Il fit glisser la vitre et offrit sa main à la pluie. Il adorait la pluie. Il voulait sortir sous la pluie. Il voulait baiser sous la pluie, et le dit à sa compagne. Celle-ci hocha la tête en souriant. Ils franchirent le "Hent-Mor" et se dirigèrent vers Ploéven. Dans le bourg, ils prirent la direction de Plomodiern, puis tournèrent à droite à la sortie du village. Ils s'arrêtèrent deux kilomètres plus loin, au bout d'un petit chemin menant à un enclos. Ils descendirent ensemble de la voiture. La fille prit un petit sac noir que Julien n'avait jamais vu. Elle en sortit une torche électrique qu'elle alluma aussitôt et lui fit signe de la suivre. Ils étaient trempés, ils marchaient sur un tapis d'herbe, leurs chaussures étaient gorgées d'eau, Julien adorait ça. Elle balayait le site de son faisceau lumineux, ce qui permit au jeune homme de deviner la présence d'une grande chapelle au centre du terrain. Ils se dirigèrent à gauche vers une belle petite fontaine triangulaire, cachée derrière des hortensias aux fleurs déjà flétries. Là, elle braqua sa lampe au fond de l'édicule, ce qui dévoila une minuscule statue d'évêque crossé et mitré, esquissant de sa main droite un timide geste de bénédiction.

Elle tendit sa torche à Julien et lui demanda d'éclairer la statue, ce qu'il fit sans chercher à comprendre. Elle se plaça derrière lui, sortit de son sac une fine cordelette en nylon qu'elle enroula d'un geste autour de son cou. Elle tira alors en arrière jusqu'à bloquer le corps de son genou levé. Elle se laissa tomber au sol avec sa victime et serra, serra, avec une force démoniaque, serra, en criant sa haine et en roulant dans l'herbe.

Quant il fut mort, elle coula sur le côté et resta immobile pendant quelques minutes, allongée sur le ventre. Puis elle se leva, reprit son sac, en sortit une étoffe noire et un couteau puis revint lentement vers le cadavre.

Il était près de minuit.

TROISIÈME PARTIE

LE ROI ET LES DEUX HOMMES DE DIEU

1

Dimanche 21 octobre 2001
10h30

La vieille bagnole de Bruno traçait dans les flaques des sillons éphémères. À l'intérieur, le policier tirait goulûment sa (déjà) cinquième gitane de la matinée. Il ne disait mot, il pensait peu. Auprès de lui, les bajoues flasques de Jacky balochaient au rythme saccadé des virages et des cahots de la route malmenée.

Le cadavre de Julien Merrien avait été découvert à neuf heures, par un type qui faisait son jogging matinal. "Un débile qui aurait mieux fait de rester couché à se baguer le nœud avec bobonne", se dit Bruno rageusement. Il se remémorait la voix cassée de Fabian lui ordonnant de venir le rejoindre sur le champ à Lescobet, en Plomodiern. Un champ ensanglanté... Une fois le combiné téléphonique reposé, le Lorrain avait insulté à mi-voix le pays, son métier, la vie et tous les dieux. Il s'en était grillé trois, coup sur coup, avant de se glisser dans sa défroque pourrie de fonctionnaire miteux. Il avait ensuite passé un coup de fil à Le Moigne pour lui donner rendez-vous à la Barbacane d'Ys puis s'était engouffré dans sa tire.

Bruno traversait Plomodiern. La pluie avait cessé au lever du jour et maintenant, c'était comme la vie après la mort. Comme la tronche de ce vieux père se traînant là, au bord de la route, penché sur son bâton. Il ralentit, craignant d'emplafonner un autochtone. Sur un signe de Jacky, il tourna à droite à la sortie du bourg. Lescobet. Il se gara derrière trois voitures qu'il identifia sans peine.

Et c'était reparti...

C'était pire qu'à Quimper. Cette fois, l'assassin ne s'était pas contenté d'étrangler sa victime puis de la masquer à l'aide d'un tissu noir. En plus de cela, il l'avait charcutée. C'était dégueulasse. Un crime de dément.

Les flics, magistrats et médecins ne disaient rien. Chacun s'activait et remplissait son devoir face à la mort, mais le cœur n'y était pas. Pas de sale blague, pas d'engueulade. Seulement des regards en coin et des mines blafardes. Des envies de dégueuler et de rentrer se coucher, histoire d'achever le cauchemar bien au chaud. Mais non, pas possible. Le cadavre défiguré baignant dans son sang, le sang dans l'herbe trempée, et tout le reste, le reste dont je ne vous dirai rien, tout ça, c'était bien réel et tant pis pour le bonheur !

Jacky fixait le petit bonhomme mitré au fond de sa fontaine. Il esquissa un signe de croix. Derrière lui, il y avait Étienne Fabian, qui avait perdu de sa superbe, qui essayait en vain de rouler une tige de ses mains tremblantes. Plus loin encore, le juge Gripon, tout petit, puis des gendarmes faisant reculer les rares curieux et les quelques journaleux mystérieusement alertés.

Bruno se pencha vers le pauvre sanguinolent. Il posa quelques questions au médecin légiste, examina les marques dans l'herbe autour du cadavre. Des piétinements, des traces de chute. Inexploitables. Il était tombé des cordes toute la nuit, ce qui rendait impossible toute analyse détaillée du sol. Il demanda quand même des photos. Puis s'éloigna.

Le policier marcha vers l'entrée du terrain entièrement ceint par un talus boisé, puis se retourna pour contempler l'ensemble du site. Il s'agissait d'un endroit visiblement très fréquenté par les promeneurs du dimanche, comme en témoignaient les profonds sentiers périphériques tracés dans l'herbe. Au centre de l'enclos, il y avait une grande chapelle peu élégante, datant du début du siècle dernier, et dont l'allure massive s'adaptait mal à la délicate joliesse de l'endroit : c'était comme si le géant du petit Poucet avait chaussé les pantoufles (vertes) de Cendrillon. Une rivière coulait dans la partie gauche du terrain que bénissait le petit évêque caché sous le chapeau de pierre, derrière des hortensias décolorés.

– Ce lieu a une symbolique très forte pour les gens de la région.

Bruno sursauta. Jacky s'était approché en silence.

– Selon la légende, c'est ici que s'établit, à son arrivée en Armorique, celui qui plus tard deviendrait l'évêque Corentin. La chapelle que tu as devant toi a été bâtie à l'emplacement de son ermitage et c'est sa statue qui se trouve dans la fontaine.

Bruno ne voulait pas croire à l'incursion d'un passé légendaire dans ce drame à l'aube d'un nouveau millénaire. Pourtant...

– À Quimper, Le Bihan, la Place, c'était bien...

– La Place Saint-Corentin, oui.

Deux meurtres, le même jour à une semaine d'intervalle, vers minuit, à l'instant où commence le jour du Seigneur. Même cérémonial : strangulation, le masque... Et Corentin.

– Mais bordel, c'est quoi cette salade, s'exclama le Lorrain. Bon, O.K. On a un taré sur les bras, il a une dent contre Corentin, contre l'Église peut-être même, je veux bien. Mais pourquoi ne se contente-t-il pas de saccager, je ne sais pas moi, les statues, les calvaires ? Pourquoi s'en prendre à ces pauvres gars ? T'as vu comment celui-ci a été traité ? C'est incroyable, je n'ai jamais vu ça.

Jacky resta silencieux.

– Et Nervèze ? continua Bruno. Pas le même jour, pas la même procédure, une victime bien plus âgée que les deux autres... Je commence à me demander si on n'a pas affaire à deux...

– Attends, coupa l'autre. Le type, là, il travaillait bien à l'herboristerie ?

Bien sûr. Le lieutenant Krafft y avait déjà pensé. Le meurtrier (en faisant l'hypothèse qu'il n'y en ait bien qu'un seul) avait pu rencontrer sa troisième victime alors qu'il se renseignait sur la meilleure façon de préparer un bouillon mortel pour l'autre salopard. Évidemment.

– Ouais, répondit-il à son collègue, je vois ce que tu veux dire. Il va falloir creuser de ce côté-là.

Il rejoignirent ensuite Fabian qui n'avait toujours pas réussi à rouler son clope. Le commissaire se contenta d'encourager ses deux lieutenants. Son agressivité habituelle s'était diluée dans le sang de Julien. Il termina tout de même en lançant péremptoirement :

– Krafft, laissez tomber l'affaire Nervèze. C'est une histoire de mœurs qui n'a rien à voir avec ça.

Il désignait d'un index tremblant la chair blanche et rouge.

– On aura bien le temps de s'en occuper après avoir arrêté le furieux. Car il va continuer, n'est-ce pas ? (Il était pathétique, le grand patron.) Et s'il y a une autre victime, dans quel état va-t-il nous la rendre ?

16h30

Quentin pédalait sec dans la montée de Plomodiern. Il était pressé d'arriver, d'autant plus que le ciel se couvrait à nouveau. Il n'était pas revenu à

Lescobet depuis ce jour lointain où, encore gamin, il avait pique-niqué près de la fontaine avec ses parents et sa sœur Sylvie. C'était d'ailleurs un des derniers souvenirs de bonheur qui lui restait de son enfance, laquelle s'était arrêtée net quelques jours plus tard, à l'instant précis où Sylvie avait été tuée sous ses yeux par un chauffard, près de Ploéven. Il lui avait fallu dix ans pour se reconstruire. Puis sa rencontre avec Nolwenn avait parachevé l'œuvre du temps.

Il laissa son vélo à l'entrée du petit chemin de terre conduisant à l'enclos et continua à pied. Sa gorge se noua lorsqu'il vit surgir la grande chapelle, puis la fontaine, derrière les hêtres et les noisetiers qui bordaient le sentier. La scène du pique-nique se reconstitua devant lui tel un hologramme intime dont les contours d'abord diffus se seraient précisés peu à peu. Il serra très fort les paupières et compressa les images. Quand il rouvrit les yeux, il découvrit à leur place une compagnie de taches sombres dansant comme autant de lutins, puis s'évanouissant toutes rapidement après une dernière ronde. Toutes sauf une, immobile et persistante, souillure noire dans l'herbe devant la fontaine si pure, altération à la surface des choses.

Quentin s'avança dans le sanctuaire corrompu, enjamba la tache de sang puis s'approcha de la minuscule statue en diorite grise, récemment sculptée comme l'indiquait l'absence de mousse qui tapissait en revanche tous les blocs de granite constituant son habitacle. Le religieux pétrifié semblait se gratter l'oreille avec deux des doigts de la main droite. Mais c'était en fait un geste de bénédiction. Le jeune paléontologue recula un peu pour remarquer que les traces dans l'herbe et la tache de sang se situaient juste dans le champ de vision de l'évêque, au bord de la petite rivière.

Depuis que son ami journaliste l'avait averti deux heures plus tôt de ce qui le lendemain paraîtrait sous le titre : "Un nouveau cadavre masqué découvert à Lescobet en Plomodiern", Quentin savait que le théâtre du crime avait été choisi intentionnellement : si la victime avait été tuée puis tailladée devant la représentation du premier évêque de Quimper, il y avait certainement une raison à cela.

Mais quelle était-elle? Pourquoi ce corps déchiqueté jeté à sa face? Et pourquoi Corentin? La légende n'en faisait-elle pas un homme bon? Tellement loin de cette violence...

Le jour était en voie d'extinction lorsque Quentin se remit en selle. Il avait décidé de rentrer à Kerrouanez en passant par la digue. Il consulta donc, avant de repartir, les horaires de blocage des écluses. Car s'il était possible de pénétrer dans la ville d'Ys à tout moment en s'engageant sur la chaussée par l'une ou l'autre des deux pointes, puis en longeant les bassins externes, la traversée complète de l'anse par la digue ne pouvait s'effectuer que lorsque les écluses étaient fermées. Comme à marée basse elles s'ouvraient à chaque passage de bateau, il était préférable de s'y engager après que le niveau de l'eau eut atteint la hauteur critique au delà de laquelle elles restaient bloquées. Toutes les personnes travaillant ou séjournant dans la ville basse avaient reçu un petit guide dépliant intitulé : "Horaire des Portes de la Grande Digue de Ker-Ys."

À cette heure, la marée était haute.

Quentin, après avoir traversé Plomodiern, se dirigea donc vers la Pointe de Ty Marc. Les derniers souffles du jour mourant chassaient les nuages tandis que le firmament le veillait à la lueur de ses flambeaux colorés. En s'approchant de la pointe nord et avant de s'engager sur la digue, Quentin jeta un regard vers la petite anse de Ty Marc. Selon certaines traditions, le roi Gradlon se serait échoué à cet endroit après la submersion de l'ancienne ville d'Ys et la mort de sa fille Dahut. Mais tellement d'autres lieux dans la Baie s'enorgueillissaient d'avoir accueilli le roi de Cornouaille en son malheur... Saurait-on un jour ce qu'il advint exactement après cet instant maudit où disparut la plus belle ville de l'occident antique?

Quentin roulait maintenant sur la voie arquée barrant la lagune d'Ys. La brise de mer l'obligeait à s'abriter derrière le muret, penché sur sa machine. De temps en temps il levait les yeux, le nez et les oreilles pour contempler l'immensité hydrique, inhaler ses subtiles émanations et entendre le bruit de la mer. Mais des images brumeuses et mobiles le contraignirent à s'arrêter. Il vit avec effroi se dessiner sur l'écran des flots l'esquisse pourpre de sa sœur, dansant avec deux cadavres masqués, l'un intact et l'autre éventré. Ils se tenaient par la main et tournaient sur la piste marine, tournaient en riant, en chantant le refrain des vagues, jusqu'à perdre leurs contours et redevenir peu à peu simples spirales de brume. Quentin resta un long moment les yeux fermés, à écouter s'éloigner cette nouvelle Néréide et ses deux Alphée.

Puis il reprit la courbe jusqu'à la Pointe de Tréfeuntec et s'engagea ensuite dans les petites routes côtières qui le menèrent à son gîte de Kerrouanez.

Nolwenn l'attendait sur le pas de la porte.

Il sauta de vélo en criant son nom et, sanglotant, petit oiseau maigre, se nicha sous son aile.

2

Lundi 22 octobre
9 h 00
Ys

Poussés par la flotte qui lavait les pavés de la Rue Bleue, les lieutenants Krafft et Le Moigne se précipitèrent vers la porte que dix-huit signes plus qu'à demi effacés sortaient de l'anonymat : *Louzaouerezh Ker-Ys*. Bruno l'ouvrit brutalement. Suivi de son collègue, il pénétra dans la pièce imbue de vieilles senteurs pour y découvrir deux femmes médusées par une douleur sans larme. La frêle Corinne soutenait la vieille Jacqueline d'une posture, d'un regard.

Bruno poussa un soupir de lassitude avant de dérouler à nouveau son sempiternel refrain, à peine modifié par les événements : "Avez-vous remarqué quelque chose d'anormal ces derniers temps ? Julien se comportait-il comme d'habitude ? Quelles étaient ses fréquentations habituelles ? Que faisait-il de son temps libre ?..." Il lui fallut attendre que les deux femmes fussent sorties de leur état de pierre pour les entendre répondre ce que l'on répond toujours dans ces cas là : "Rien d'anormal." Puis : "Il se comportait comme d'habitude. Julien était un joyeux drille. Il aimait sortir." Puis encore (c'était Corinne qui parlait) : "À la réflexion, il était peut-être plus renfermé que d'habitude. Lui qui causait tout le temps et se vantait continuellement de ses conquêtes féminines, eh bien, depuis plusieurs jours, quelques semaines même, plus un mot... On le surprenait souvent là, rêvassant sur son échelle."

– En ville, avait-il ses habitudes dans un lieu particulier ? Un bar, une discothèque ?

– Oui. Chez Dédé, rue des Palais. C'est un bar qui...

– Oui, nous connaissons, l'interrompit Bruno.

Il s'avança vers la jeune femme et lui dit d'un ton solennel :

– Écoutez, mademoiselle, nous avons la quasi certitude que Julien a rencontré son meurtrier ici même et peut-être au moment où celui-ci est venu prendre des renseignements sur les plantes toxiques. Pouvez-vous me dire quelque chose à ce sujet, mademoiselle, quelque chose qui vous serait revenu en mémoire, un détail...

Corinne Le Gall répondit instantanément :

– Rien de plus que ce que je vous ai déjà dit. Désolé, mais nous ne fliquons pas nos clients, lieutenant.

Un ange passa. Le Lorrain poussa Jacky du coude. Celui-ci prit la jeune fille à part pour lui demander si elle connaissait Julien... intimement. Rougeurs. Gêne. C'était oui, mais c'était ancien. Bruno ne pouvait pas les entendre, pourtant il devina... Et il rougit lui aussi, se pétrifia à son tour. Toutes les femmes l'intimidaient affreusement, mais aucune autant que celle-ci dont l'intense regard vert altitude dardé sur lui le contraignit à baisser la tête.

Quant à la vieille femme parcheminée, elle se tenait un peu à l'écart. Ses doigts frottaient machinalement des paumes fripées. Elle hochait la tête de haut en bas dans un mouvement de balancier qui semblait ne plus jamais devoir s'arrêter. Et dans ses yeux vacillait la flamme de vie. Elle était plus petite encore que dans le souvenir de Bruno, lequel n'osa pas déranger un si précieux bibelot branlant, tellement imprégné d'odeurs et d'émotions.

Au moment de sortir, le policier se retourna pour revoir une dernière fois, dans la pièce imprégnée de vieilles senteurs, deux femmes médusées par une douleur sans larme...

Une fois dehors, la pluie les accueillit à gouttes redoublées.

– On fait quoi maintenant? s'enquit Jacky.

– On va chez le Dédé, rue des Palais.

En voyant la moue que fit son ami, il ajouta :

– Ne me dis pas que trois gouttes de pluie te font peur, à toi, l'habitant de cette ville d'eau, à toi, dont chaque radicelle de la lignée trempe dans cette terre palustre, en permanence baignée par la mer et arrosée par les cieux?

Il saisit tout à coup son collègue par les bras et, le secouant comme un prunier, il se mit à crier :

– Jacky, tu vois cette eau partout? Au-dessus, autour de toi...

De sa paume, il frappa la chaussée inondée.

– Et là aussi, dans le sol, le sous-sol, sur ces pavés, dessous, partout, de l'eau partout. Pourtant (il lui prit une poignée de cheveux), pourtant, te débarrassera-t-elle du sang qui te poisse la tête depuis hier, Breton?

Bruno tint de ses deux mains les pans de son blouson écartés et offrit son corps et son visage tourmenté à la pluie.

Puis il s'apaisa tout aussi soudainement qu'il s'était excité. S'approchant de Jacky, il lui murmura à l'oreille :

– Tu sais, il y a quelque chose de vraiment sale ici, quelque part, dans la tête de quelqu'un. Et pour nettoyer ça, même les eaux mêlées du ciel et de la mer ne suffiraient pas.

Puis :

– Allez, viens. Fais pas gaffe, je commence à débloquer.

Il ajouta en regardant les eaux gonflées du large :

– Pourvu que la digue n'en fasse pas autant...

Les deux hommes remontèrent la Rue Bleue en longeant les murs. La pierre dorée qui les constituait, ornée de formes concentriques nées de la lente circulation des eaux météoriques au sein des fissures de la roche, avait également servi à construire de nombreux édifices et monuments de la région, comme par exemple la nouvelle abbaye de Landévennec ou les grandes maisons bourgeoises du Faou, à l'entrée de la Presqu'île de Crozon, ou encore le socle de certains calvaires bretons. Les immeubles de la rue n'étaient pas très anciens, les plus vieux datant de la fin du XVIIIe siècle et les autres de la première moitié du XIXe siècle. La lithologie uniforme des murs ainsi que l'unité de style due à la contemporanéité de leur construction faisaient de la Rue Bleue un ensemble remarquablement homogène.

Après avoir parcouru environ deux cents mètres, ils prirent à droite la Rue du Piot qui les mena dans la célèbre Rue des Palais. Ils durent encore marcher deux cents mètres vers le sud pour atteindre l'Hôtel de Ville, un grand bâtiment massif percé d'une multitude de petites fenêtres à meneaux. La bannière de la cité – une bande horizontale bleue surmontée d'une jaune, un cheval au centre et au-dessus, une couronne – flottait entre le drapeau français et le *gwenn ha du* breton, à l'entrée du bâtiment officiel.

– Tu pourrais m'expliquer la signification de ce drapeau, Jacky?

Le gros policier se racla la gorge tout fier d'être enfin autorisé à lâcher une bribe de sa science.

– L'or est l'emblème de la foi, l'azur signifie beauté et bonne renommée. Le cheval, c'est Morvarc'h, compagnon du Roi Gradlon, lequel est symbolisé par la couronne.

Le Lorrain fixa un instant l'étoffe bicolore nageant dans la pluie, pour la première fois vaguement intéressé par le passé légendaire d'Ys la Basse.

Ils continuèrent encore quelques dizaines de mètres avant d'apercevoir à leur gauche la devanture minable de l'estaminet à l'enseigne des "Deux Palais". Ils entrèrent et s'installèrent au bar.

– Bonjour, commença Bruno. Deux demis et un renseignement.

Le bistro s'efforça en vain de se donner un air indifférent.

– Je vous écoute, bredouilla-t-il entre ses dents vermoulues.
– Julien Merrien, vous connaissez ?
– Euh, oui. Un peu.
– On nous a dit qu'il traînait parfois ses guêtres par ici.
– Euh, oui.
– Quand l'avez-vous vu pour la dernière fois ?
Dédé leur versa la mousse.
– La semaine dernière... Attendez... Mercredi. Je m'en souviens parce que le lendemain, jeudi, j'ai dû fermer exceptionnellement : un oncle décédé à Brest. Mercredi soir, donc. Il est resté environ une heure, jusqu'à la fermeture. Il était seul.
– Que vous a-t-il dit ?
– Rien.
– Comment ça, rien ? s'étonna Bruno.
– Strictement rien.
– C'était son habitude de venir chez vous le soir, seul, pour se taire devant un verre ?
– Non. D'habitude il n'était pas seul. Une loute différente à chaque fois, rien que des girondes. Mais là...
Dédé avoua ce qu'il en avait pensé : il lui avait semblé que Julien était amoureux.

Les deux policiers rejoignirent leur place habituelle, dans le coin le plus obscur de la salle.
– Qu'est-ce que t'en penses, Jacky ?
Le gros homme s'épongeait le visage et les rares cheveux avec un grand mouchoir à carreaux. Il

l'essora dans le cendrier, sortit son peigne et se refit une beauté avant de répondre :

– Je pense que notre meurtrier pourrait bien être... une meurtrière.

– Ouais, opina Bruno, c'est aussi mon avis.

Du doigt, il faisait des ronds dans les bulles de bière.

– Elle déniaise le puceau, elle cloue le bec au Don Juan, bref, elle tourneboule nos deux branquignols sans perturber leur surface sociale, à part quelques rares anormalités par-ci par-là, comme celle que vient de nous révéler le patron. Puis elle les sacrifie, sur l'autel de je ne sais quel délire. Ouais. Une femme.

Il suça son index houblonné.

– Maintenant la question est de savoir si nous avons affaire à l'une des "victimes" de Nervèze.

– Attends. Tu veux dire quelqu'un qui aurait subi un traumatisme sexuel de la part de l'universitaire, qui se serait vengé en l'empoisonnant, puis sur sa lancée...

– Ouais, peut-être, fit Bruno en souriant. Qu'est-ce que t'en penses ?

Jacky fit la moue.

– Pas convaincu. Pour ce que nous en savons, Nervèze était un harceleur, pas un violeur. Je vois mal comment il aurait pu perturber une femme à ce point. Je ne suis pas psychologue, mais une pulsion meurtrière du type de celle qui se manifeste ici me semblerait plutôt devoir être le résultat d'un traumatisme majeur, de longue durée. Or les étudiantes que nous avons interrogées jusqu'à présent nous ont brossé le portrait d'un personnage certes pas très ragoûtant mais pas non plus vraiment effrayant. De plus ses collègues...

Bruno éclata d'un rire sec et sonore.

– Ah oui, ses collègues ! Parlons-en ! T'as pourtant pu juger de la fiabilité de leurs témoignages ! Allons, un peu de sérieux.

Il vida son verre d'un trait...

– En fait, on ne sait presque rien de lui.

...Puis le déposa brutalement sur la table...

– Un de ces jours, j'irai voir sa sœur, à Huelgoat.

...En chêne massif.

– Il y a aussi son ami, ce mystérieux Jean Le Meur dont nous a parlé sa mère...

Il se leva.

– ...À deux reprises. Mais pour l'heure, je te propose un bon repas avant de rejoindre ce sagouin de Fabian à la morgue.

Bruno tapa sur l'épaule de son ami encore assis avant d'ajouter :

– Mieux vaut bouffer avant, tu ne crois pas ?

Journal de Nicolas Kerber, ce jour
13 h 30

Une meurtrière ?

Non. Tout de même pas.

Pourtant, son regard acéré comme une lame, une lame qui me sépare de mon libre arbitre (je suis une larve), pourquoi ne trancherait-il pas aussi bien le fil de ma vie ?

Et après ?

Qu'y a-t-il au bout de cette route sinueuse vers le nord, jonchée de cadavres ?

Moi ?

Et à l'origine, Elle ?

Et après ?

Je suis fou.

D'Elle, bien sûr, à jamais, jusqu'au bout, quel qu'il soit.

Quelle qu'Elle soit.

13 h 40

Une adolescence de cloporte.

Des études longues et fiévreuses, puis je me prends le mur ! On m'avait pourtant prévenu.

Mais je n'abandonne pas, mon but devient l'atmosphère primordiale. C'est ma recherche fondamentale, c'est mon oxygène à moi.

Finalement, quelle vie dérisoire que la mienne.

Et tout ça pour quoi ?

Pour une lame ?

13 h 45

Journal, je te brûlerai, mais pas tout de suite. J'ai encore besoin de toi. Ne me laisse pas seul, s'il te plaît, sous les multiples poinçons de ma Goule.

13 h 50

J'égrène les minutes. Précieuses minutes.

13 h 55

Finalement, quelle vie dérisoire que la mienne.
ALORS, QU'ELLE S'ACHÈVE EN APOTHÉOSE !

Mais il est 14 h 00, l'heure de reprendre mon labeur d'insecte.

Le soir

Bruno et Jacky marchaient dans les rues de Quimper. Ils longèrent le quai, passèrent sans s'arrêter devant le café Le Berre puis remontèrent vers la Place Saint-Corentin.

Après leur visite à l'institut médico-légal où ils avaient eu une longue discussion avec le médecin légiste, les deux policiers avaient consacré l'après-midi aux interrogatoires, une fois de plus (les ex-étudiantes de Nervèze pour Bruno, les parents et amis de Julien pour Jacky), puis ils avaient fouillé l'appartement du jeune homme. Ils n'y avaient trouvé aucune indication susceptible de leur permettre de percer l'identité de la femme létale. Ayant également tenté de savoir si les victimes se connaissaient, ils en avaient provisoirement conclu que non.

– On tourne en rond, grogna Bruno.

– Allons, patience, on est sur la bonne voie, risqua Jacky, sans savoir au juste si son ami faisait allusion à l'affaire en cours ou à leur quête plus immédiate d'un endroit pour se restaurer.

– Peut-être, mais si on ne découvre rien avant Dimanche... Gare !

– Tu crois qu'elle pourrait remettre ça ? s'enquit le Breton vaillamment, maintenant que le thème de la conversation lui apparaissait plus clairement.

– Ouais, je crois... Mais... Mais qu'est-ce qu'il fout, celui-là ?

Bruno venait d'apercevoir sur la Place, près du débouché de la Rue Kéréon, une silhouette masculine mince et voûtée, surmontée d'une tignasse embroussaillée couleur caramel cramé, et qui observait la cathédrale avec une étrange attention. L'homme se déplaçait lentement en direction des deux policiers. Il s'arrêta quand il fut dans l'axe de la majestueuse bâtisse et leva alors la tête pour fixer un point entre les deux flèches.

– Il me semble l'avoir déjà vu quelque part, fit Bruno.

Jacky, lui, l'avait reconnu :

– Il est fort possible que tu l'aies déjà vu, en effet. Il travaille à l'IRLCD, dans le bâtiment central. Quentin Le Louarn. Je l'ai interrogé après la mort de Nervèze. Je m'en souviens bien car il a une spécialité plutôt inattendue dans un institut littéraire : il prépare une thèse de paléontologie. En outre, il était assez lié avec Nervèze.

– Intéressant. Mais qu'est-ce qu'il regarde là, nom de Dieu ?

Quentin ne quittait pas sa mystérieuse cible du regard. Soudain, il se mit à s'agiter frénétiquement, sautillant d'un pied à l'autre, la tête toujours levée.

Puis il s'accroupit, l'air pensif.

– Tu veux qu'on aille lui demander la signification de son manège, Bruno ?

– Non... Laisse. On verra ça demain. Mais il ne perd rien pour attendre...

Quentin

On a retrouvé le cadavre face au porche, me semble-t-il. Statue de Corentin à Lescobet, ici, la Place Saint-Corentin... Mmm... Les lieux consacrés à Corentin ne manquent pas dans la région. La prochaine fois, ce sera où ? Peut-être à Ker-Ys, près du Bassin Corentin, ou ailleurs...

On n'est pas dans la merde !

Je vais me déplacer un peu pour me mettre dans l'axe.

Voilà, je suis face à la porte. Elle a de la gueule, quand même, cette cathédrale ! Mmm... C'est quoi ce truc entre les deux flèches. Ah oui, bien sûr. La fameuse statue équestre du Roi Gradlon, modèle réduit de celle d'Ys.

Mais attends, Quentin, t'as bien dit statue ?

Corentin, Gradlon...

Et si...

Et si... Les masques... Mais oui, bien sûr. Des masques noirs. Les masques de...

DAHUT !

Serait-ce Dahut qui revient ?

3

Mardi 23 octobre
9 h 30
IRLCD, bâtiment central

Le démon des Caraïbes ! Barbe-Rouge en personne venait de jaillir de derrière la porte du bureau de Quentin Le Louarn. C'était un volumineux poitrail couvert d'une forêt primaire dont la majestueuse frondaison assombrissait la blancheur de la chemise assujettissante. C'étaient des babines roses dans un visage poupin, que perçaient deux sombres cavités surplombées par les masses feuillues d'arcades néandertaliennes, que réchauffait le foin roux d'une barbouze de flibustier, que surmontait une friche capillaire à jamais inextricable. C'était aussi un sourire d'enfant, d'énormes godasses, une bonne bouille, un fut' en velours bordeaux usé jusqu'au fil, des dinosaures rouges et verts jouant à saute-mouton sur une cravate de guingois.

Bref, c'était Olivier Barbouquet.

En face, Bruno abaissa vivement son poing qui s'apprêtait à frapper un second coup à la porte. Il se racla la gorge :

– Humm ! Je cherche Quentin Le Louarn.

Le paléontologue, d'une voix à faire se lézarder les murs :

– Bonjour. Je suis son directeur de thèse, Barbouquet, qui viens en tapinois lui piquer un document de travail, dit-il en avançant une paluche à saisir à deux mains. Je l'ai aperçu par ici il y a une petite heure mais je ne sais pas où il se trouve actuellement.

Le flic se détourna sans lui serrer la pince. Il était déjà au bout du couloir quand le géant lui lança gaiement, de sa voix de brontosaure :

– Essayez du côté de chez Nolwenn Kerné, étage du bâtiment "Villes disparues", département "Campanie".

"Drôle de type", se dit le policier en descendant l'escalier menant au rez-de-chaussée. Il déboucha dans une vraie fourmilière. D'étranges crépitations provenaient des mystérieuses machines en branle dans les laboratoires qui dégorgeaient en flux tendu une foultitude de torses creux en blouse blanche. "Serais-je dans une fabrique d'intellectuels ?" se demanda-t-il. À peine usinés, les chercheurs et les techniciens sillonnaient les lieux, les bras chargés de papiers, de débris archéologiques, à la recherche d'une idée ou d'un café, souvent des deux. Ça bourdonnait. Bruno s'enfuit, sortit.

Il s'emplit les poumons d'air marin, puis pénétra dans le bâtiment sud, monta à l'étage pour se retrouver dans le département "Ninive-Babylone".

Face à l'escalier, le policier découvrit sur le mur d'anciennes représentations fantaisistes des jardins suspendus. Plus loin, les rois du pays de la brique cuite au soleil s'affichaient le long d'un couloir : Nabopolassar, Nabuchodonosor, Sargon et son fastueux Versailles de Khorsabad... Mais ce furent les fragments d'un bas-relief ninivite exposant une succession de prisonniers empalés qui accrochèrent le regard de l'homme de l'art.

Comme d'habitude, mélange de grandeur, de beauté et de sauvagerie. Assyriens furieux et géniaux.

"Bah !"

Bruno franchit une porte à deux battants, pénétra dans le département "Campanie" et se mit aussitôt à la recherche du bureau de Nolwenn Kerné. Il défila devant des portes, y lut des noms qu'il ne connaissait pas puis s'arrêta devant un battant anonyme où s'affichait au-dessus de la poignée la photo d'un couple dont Bruno reconnut immédiatement l'un des composants, Le Louarn. Il frappa. Pas de réponse. Il essaya d'entrer. C'était fermé.

Personne ne put lui dire où se trouvait la jeune fille.

Alors le policier commença à perdre patience. Il enfila des couloirs interminables, descendit des escaliers et en remonta d'autres, ressortit, s'emplit les poumons d'air marin, puis entra dans le bâtiment nord, celui de Nervèze. Et grimpa à l'étage. Et traversa le département des langues brittoniques disparues où l'accueillirent des épigraphies gauloises sur bronze, une carte des toponymes pictes affichée sur la porte d'une bibliothèque cornique. Mais pas de Quentin Le Louarn. Alors il continua, franchit une porte à deux battants. Encore un couloir, cette fois décoré d'une succession de signes en fer de lance diversement combinés, de clous étrangement agencés. Le policier se trouvait enserré entre deux murailles de caractères cunéiformes, nouvelle enceinte de Babylone. Il sentit monter en lui une angoisse de claustrophobe qui lui fit accélérer le pas. Nouvelle porte à deux battants s'ouvrant sur le "Centre d'Étude des Lettres Grecques et Latines". *Terra cognita!* Il poussa un soupir de soulagement en voyant apparaître au bout d'un couloir gris uniforme la face grise uniforme de Jacques Goalvoueden.

Entendant une voix angoissée crier son nom, le philologue se retourna pour voir bondir vers lui l'ombre noire du soudard.

– Eh bien, lieutenant, que se passe-t-il donc?

– Je cherche un dénommé Quentin Le Louarn. Le connaissez-vous?

– Oui. Mais pourquoi venez-vous le chercher ici? Son bureau se trouve...

– Je sais parfaitement où se trouve son bureau, gueula Bruno. Il n'y est pas. Je suis venu le chercher ici parce que... parce que...

Mais oui, pourquoi au fait?

– ...Parce que je sais qu'il connaissait Nervèze, essaya-t-il.

– Oui. Quentin traîne effectivement souvent par ici. Allez voir chez Brigitte. Ah, tenez, la voilà qui arrive.

La belle Brigaud sortait de son bureau. Seule. Bruno la rejoignit, l'interrogea.

Non, pas vu.

Alors, l'âme en peine, il repartit le long des couloirs, la tête et les bras pendants.

Quand il fut dehors, alors qu'il aspirait goulûment l'air marin en attendant la pluie, il entendit derrière lui une voix narquoise lui demander :

– Lieutenant. Connaissez-vous la légende de la Ville d'Ys ?

Bruno se retourna brusquement. Le grand échalas de la Place Saint -Corentin lui faisait face. Il avait un sourire malicieux aux lèvres. On avait dû lui dire qu'un policier le recherchait.

Le Lorrain lui tordit le pull de la main gauche et leva le poing droit, dans l'intention évidente de l'écraser sur sa face. Le paléontologue continuait à sourire.

Bruno poussa un juron mais n'appuya pas son action.

L'ayant lâché, il se mit à fouiller fiévreusement dans sa poche à la recherche de son paquet de maïs.

Vide.

Quentin lui proposa un cigarillo.

Il l'accepta.

– Pourquoi me demandez-vous ça ?

Les deux hommes avaient longtemps gardé le silence, bouffée après bouffée, entre les trois bâtiments de l'IRLCD.

– Vous êtes bien chargé d'enquêter sur les meurtres de Quimper et de Plomodiern ?

– Oui, mais...

– Alors, il vous faut connaître la légende d'Ys. Il y a un centre de recherche consacré à l'ancienne Ys dans le bâtiment "Villes disparues". Vous ne le saviez pas ? Je vais vous présenter au responsable de ce département, le professeur Daoudal. Venez. C'est au-dessus de la cafétéria.

C'était, dans une pièce embrumée comme une lande bretonne, un vieux fumeur de pipe à la barbe laiteuse, tout cassé derrière un gigantesque bureau encombré de l'inévitable fatras universitaire. De multiples rides faisaient étinceler chacun de ses nombreux sourires. Quand Quentin lui eut expliqué ce qu'ils attendaient de lui, le professeur Daoudal fit asseoir les deux hommes dans de profonds fauteuils au cuir usé par la succession des auditeurs.

Bruno avait d'abord été interloqué par la soudaine prise de pouvoir de Quentin. Mais il s'était finalement laissé mené sans trop de réticence. Et ici, maintenant, devant ce vieux débiteur d'histoires qui bourrait en silence sa bouffarde en échangeant de temps en temps des coups d'œil complices avec le jeune scientifique, il attendait son récit aussi fébrilement que l'aurait fait un enfant.

Le vieux professeur gardait les yeux mi-clos. Son menton s'abaissait régulièrement pour ouvrir la barrière des lèvres aux panaches de fumée.

Il s'ébroua quand il le jugea bon, puis commença son histoire.

4

Mes amis, l'histoire ancienne de notre chère ville d'Ys s'opacifie dans des brumes légendaires. Le premier ouvrage faisant mention de sa submersion, qui survint au tournant des Ve et VIe siècles, est "Le mystère de saint Guénolé" datant du XVe siècle. L'existence du roi Gradlon et celle de la ville d'Ys sont ensuite succinctement évoquées au siècle suivant par les historiens Le Baud et d'Argentré. Mais il appartiendra au moine dominicain Albert Le Grand de Morlaix de populariser le mythe dans sa Vie des Saints de Bretagne écrite en 1637. Les documents qu'il a pu compulser, ainsi que bien d'autres témoignages plus anciens sur la ville à l'époque mérovingienne, ont hélas irrémédiablement disparu. Pauvre fonds documentaire ! Il a donc fallu glaner des renseignements par les voies détournées de la tradition orale. C'est ce qu'a fait par exemple Émile Souvestre en 1844 et tant d'autres depuis.

Je vais vous présenter les deux principales versions de l'histoire légendaire de Ker-Ys. La plus connue est la version chrétienne dont les variantes ont été magnifiquement synthétisées par les romanciers Charles Guyot et Georges G.-Toudouze. L'autre versant en est le revers païen.

Tout d'abord, les personnages...

Guénolé est celui sur lequel nous possédons les informations les plus solides. Sa vie a été écrite à la fin du IXe siècle par l'un de ses successeurs à la tête de l'abbaye de Landévennec, Gurdisten (ou Wrdisten). Sa

Vita Sancti Winwaloei Cornugallensis *s'inspire de documents antérieurs, disparus de nos jours. Nous pouvons donc considérer sa biographie comme historiquement valable, même si, comme c'était l'usage à l'époque, l'auteur a émaillé le récit d'éléments merveilleux.*

Notre histoire commence au cœur de la grande baie de Saint-Brieuc, quelque part entre Langueux et Yffiniac. C'est en ce lieu qu'aborda dans la seconde moitié du Ve siècle le cousin d'un roi de Bretagne insulaire, Fracan, qui fuyait les calamités ravageant son pays. Il était accompagné de sa femme Gwen et de ses deux fils Wethenoc et Jacut. Fracan fut le fondateur de l'un des premiers "plous" de la Nouvelle Bretagne.

Un jour de joie, un jour plus clair que tous les autres jours en cette Armorique renaissante, naquit le troisième fils de Gwen et de Fracan, Guénolé (Winwaloe). Ce bienheureux enfant fut élevé par sa mère suivant les règles de la meilleure éducation. Dès qu'il fut en âge, il demanda lui-même à son père de le confier à un maître qui pût lui apprendre les enseignements de la sagesse divine. Mais son père voulait en faire son successeur, un homme d'arme et de sang. Personne ne pouvait le faire changer d'avis, il n'écoutait que les paroles de sa propre déraison. Dieu dut faire entendre sa voix tonnante pour qu'enfin il se résignât à satisfaire à la requête de son fils.

Il apporta son dernier né au réputé précepteur Budoc l'Austère, qui tenait école sur l'île Lavret, près de Bréhat. Sous l'aile protectrice de l'éminent homme, il acquit en un temps record la connaissance parfaite des

Saintes Écritures. Et commença alors la longue série des miracles : Guénolé soigna par ses prières la jambe blessée d'un condisciple, rendit la vue à un aveugle, replaça l'œil de sa sœur qu'une oie avait avalé, remit en selle un malheureux cavalier décédé...

Quand Guénolé fut devenu un jeune homme, Budoc lui adjoignit onze de ses disciples afin qu'il pût s'engager, à la grâce de Dieu, sur le bienheureux chemin de la fondation monastique. Le saint homme et ses compagnons traversèrent toute la Domnonée pour s'installer au bord de l'Aulne sur la minuscule presqu'île de Tibidy (Thopopégie). Mais hélas, le lieu, déserté par la végétation et parcouru par les vents, ne convint pas aux disciples du saint homme. Ils souhaitaient franchir l'Aulne afin de s'installer dans un vallon ouvert sur le fleuve, merveilleusement situé entre deux collines boisées, le vallon de Penforn. Guénolé n'accepta de les conduire sur l'autre rive que beaucoup plus tard, après que Dieu leur eut signifié son accord en refusant de faire mourir l'un ou l'autre des compagnons. Il fallait en effet que graine monastique fertilisât le sol prédestiné. En conséquence, bien des années après leur arrivée à Tibidy, l'un après l'autre et main dans la main, à la suite de leur guide qui ouvrait les eaux de son bourdon, les douze frères traversèrent le fleuve à pied sec en chantant des cantiques. Et peu de temps après leur arrivée, la terre du vallon de Penforn accueillit la dépouille d'un des moines. La volonté de Dieu s'accomplissait ! Le fils de Fracan et ses dix compagnons restants s'installèrent donc définitivement en ces lieux pour fonder l'abbaye de Landévennec (Lan-To-Wennoc), qui, de des-

tructions en reconstructions, rayonne encore de nos jours, quinze siècles plus tard.

À cette époque régnait sur la Nouvelle Cornouaille, en sa ville capitale de Kemper, le puissant roi Gradlon-Meur, fils de Concar et successeur de Conan Meriadec, le fondateur de la dynastie des premiers souverains de la Bretagne armoricaine. Mais laissez-moi vous transporter sur les rivages glacés du Nord pour vous conter la rencontre entre le roi Gradlon et la fée Malgven, la goule du Fjord Bleu. En bordure de ce fjord, il y avait un burg dont les murs avaient peut-être cent pieds de hauteur. Là vinrent Gradlon et ses braves en quête d'aventures, nourrissant l'espoir de prendre le château avant que le soleil ne se couchât trois fois. Mais deux mois plus tard, à l'entrée du terrible hiver, les hommes de Cornouaille assiégeaient encore l'inaccessible forteresse. Chaque matin ils montaient à l'assaut, chaque soir ils retournaient au camp épuisés, sans jamais avoir réussi à percer la moindre brèche. Et chaque crépuscule voyait apparaître sur les remparts une même ombre à cheval, narguant la fière armée celte. Alors, quand parurent les premières neiges, les officiers du roi commencèrent à se plaindre : "Quelle folie ! Reverrons-nous un jour l'herbe grasse et les forêts verdoyantes de notre douce patrie ?" Un jour de grand froid, au retour du vain combat, l'un des plus hardis capitaines interpella le roi en ces termes : "Pentiern, folie téméraire n'est pas courage. Retournons en notre pays de Cornouaille !" Mais Gradlon répondit à lui et à ses compagnons avec sa fougue habituelle : "Partez sur le champ rejoindre vos femelles, lâches, et me laissez ! Point ne quitterai ce fjord sans avoir abattu l'arrogante forteresse. Et puisqu'il le faut, je la prendrai seul !" Les Bretons hésitèrent. Mais leur roi ne les chassait-il pas lui-même ?

La mort dans l'âme, ils appareillèrent, le laissant seul au pied du fort château.

Au coucher du soleil, Gradlon lança son orgueilleux défi aux inaccessibles murailles. Il s'apprêtait à livrer son baroud d'honneur lorsqu'il vit venir à lui l'ombre double des remparts : une cavalière belle comme le Nord montant un étalon sombre comme la mort. C'était Malgven, c'était Morvarc'h. Et ce qui devait être son dernier combat fut sa première mêlée amoureuse, là, sur le champ de bataille.

L'amour n'est-il pas le plus puissant des guerriers ?

Le cheval-fée transporta le couple soudé à la vie à la mort sur les flots écumeux vers la nef des Bretons.

Nef en perdition qui vogua un an au travers des tempêtes sur les mers inconnues.

La belle femme du Nord donna naissance à une fille et mourut en couches.

Et Gradlon poussa son premier hurlement de désespoir.

Dorénavant, tout son amour, toute son attention, se porteraient sur sa fille, Dahut, au point de délaisser les affaires du royaume. Au point de céder à tous ses caprices. Au point de lui offrir... une ville.

Voilà, mes amis, voilà l'histoire du roi et de la fée. C'est du moins la version la plus connue. Cependant, les traditions populaires présentent parfois Malgven sous des traits différents. Par exemple, l'une d'elles en fait une fée bienfaisante de nos forêts, qui fut trompée par celui qu'elle aimait. Dépitée, elle s'enfuit jusqu'au bord d'un fleuve dans les eaux duquel elle plongea. Gradlon se jeta lui aussi à l'eau tout harnaché en implorant son pardon. Quand elle vit le roi sur le point de se noyer, Malgven retourna vers lui et le sauva d'une mort certaine. Mais plus tard l'incorrigible Gradlon la trompa encore, si bien qu'un jour la gentille fée se transforma en démon : elle devint Dahut.

Le personnage suivant de notre histoire, c'est Corentin.

Contrairement aux autres grands saints bretons pour la plupart gallois ou fils de gallois, Corentin était un autochtone : la tradition le fait naître en Armorique de parents armoricains. C'était un homme bon. Gradlon-Meur put s'en rendre compte le jour où il le rencontra, peu de temps après son retour du Fjord Bleu. Le jeune roi de Cornouaille s'était perdu au cours d'une partie de chasse. Affamé et rompu, il déboucha dans la clairière où Corentin avait établi son ermitage. Ce lieu, vous le connaissez, hélas. C'est Lescobet en Plomodiern. Le saint homme accueillit le roi fort civilement puis conduisit à la fontaine son échanson et son cuisinier. Il plongea la cruche de l'échanson dans le cours d'eau, saisit le petit poisson d'argent qui y frétillait et le coupa en deux. Il en rejeta une moitié dans le courant et déposa l'autre dans la corbeille du cuisinier. La partie rendue à l'onde se reconstitua aussitôt en poisson entier tandis que l'autre morceau d'animalcule se transforma en rôts, brochets et sandres, fruits vermeils, pâtés et tranches de venaison. L'eau prélevée du ruisseau, quant à elle, devint nectar de vigne. Il put ainsi nourrir et abreuver toute la compagnie du roi. Pénétré d'admiration et de respect, Gradlon le nomma évêque de Kemper.

J'ajouterai quelques mots au sujet de la hiérarchie entre Guénolé et Corentin. À ma connaissance, toutes les versions de la légende mettent l'abbé de Landévennec sous l'autorité spirituelle de l'évêque. Ceci ne correspond pas à la réalité historique. À l'époque, les évêques n'avaient pas de diocèse comme de nos jours et ils étaient à la discrétion des abbés. La nomination de Corentin par Gradlon n'a donc pu se faire qu'avec l'assentiment de Guénolé.

Voilà. Vous connaissez maintenant les personnages. Il me reste à vous raconter la ville !

Les ans rapprochaient la surnaturelle beauté de Dahut – ou Ahès – de celle de sa défunte mère. Sa longue chevelure était aussi blonde que la crinière de son fidèle Morvarc'h était brune. Elle était pâle et cruelle comme la déesse lunaire Brigitte. Rien ni personne ne pouvait endiguer ses brutales colères, pourtant pas plus dangereuses que la caresse de certains de ses regards... Elle était la consolation de son père. Elle devint le désespoir de Kemper.

Corentin avait fait de la ville un joyau de paix et de foi. Seule la fille du roi ne se soumettait pas à la règle commune.

– Roi, disait-il, ta fille est le ver dans le fruit qui mûrit au soleil de la paix et de la foi. Elle corrompt la cité de Kemper par sa conduite scandaleuse.

– Père, disait-elle, ce Corentin de malheur a chassé la joie des rues de Kemper. Il n'y a que tristes faces, cœurs gris et robes de bure. Vous avez donné votre ville de Kemper à cet homme, père, je n'y ai pas ma place. Que me donnerez-vous en compensation ?

– Que voulez-vous, ma fille ?

– Je veux, Père, que vous bâtissiez pour moi, pour moi seule, une cité pouvant rompre les flots.

Gradlon accepta. Il mit à l'œuvre les meilleurs architectes et les plus doués ouvriers de Cornouaille et d'ailleurs. Des hommes exceptionnels, qui bâtirent la ville en un temps record sur un îlot émergeant à peine dans l'anse du Grand Palud. Il fit bâtir du côté de la pleine mer deux magnifiques palais, l'un pour lui et l'autre pour sa fille et une église, une seule, petite, de l'autre côté, vers la terre. Corentin avait demandé qu'il y en ait au moins une. Dahut avait exigé qu'il n'y en ait pas plus d'une. Au centre de la cité, la princesse fit construire un étrange édifice en granit bâti sur le modèle des temples grecs mais dédié aux quatre divinités celtiques des saisons : Lug, le dieu tricéphale dont l'emblème est le corbeau ; Teutatès, le guerrier au sanglier ; Cernunnos au chef orné de bois de cerf, qui tient à la main des serpents ; Taranis, roi du ciel et du tonnerre, portant une roue. Enfin, la protection de la ville basse fut assurée par une puissante digue arquée dominant la haute mer de plusieurs mètres. Adossés à elle, quatre bassins, portant le nom des quatre divini-

tés du temple. Mais ce n'étaient pas là ouvrages à la portée des mortels : la digue et les bassins furent édifiés à la demande de Dahut par les korrigans de l'île de Sein.

Oui, c'est bien ainsi, mes amis, que naquit la ville d'Ys !

Mais très vite la flamboyante cité reine de la mer devint ville de perdition !

Les orgies succédaient aux impiétés. Les crimes teintaient de pourpre les pavés de la ville. Ys se peuplait d'infâmes débauchés tandis que fuyaient ses vertueux habitants. Fêtes du matin au soir et bacchanales du soir au matin. Quand la ville s'illuminait à la tombée du jour, on entendait partout les cris de joie des femmes de plaisir, les hurlements des suppliciés, râles de jouissance, râles d'agonie. Le sperme se mêlait au sang. Des corps étaient écartelés sur les places, d'autres sacrifiés dans le temple, d'autres pénétrés sur les lits, ou ailleurs, partout.

La folie de sexe et de mort culminait dans le palais de Dahut.

Tous les soirs, quand le soleil, horrifié, se hâtait de rejoindre sa couche au fond de l'océan et que la nuit complice s'apprêtait à étendre ses voiles, un cavalier noir parcourait la ville et la campagne environnante à la recherche de beaux corps pour distraire sa dangereuse maîtresse. Parfois ceux-ci venaient d'eux-mêmes depuis de lointaines contrées, attirés par l'étrange renommée de la cour comme le sont les phalènes par la lumière trompeuse. C'étaient de beaux princes ou de solides paysans, des chevaliers vagants, des nobles rui-

nés ou de riches roturiers. Le noir cavalier – ou elle-même – offrait aux beaux corps un masque magique pour qu'ils pussent secrètement la rejoindre la nuit. Ils venaient toujours, et après une nuitée d'amour et de folie, à l'heure où les hirondelles de mer réapparaissaient devant les fenêtres du palais, elle leur remettait le masque noir afin qu'ils s'échappassent incognito. Mais avant même qu'ils eussent franchi le seuil de la pièce, le masque enchanté enserrait leur cou. L'homme noir se chargeait alors des beaux corps morts, les mettait en travers de sa selle, puis allait au petit matin par la grand route de Carhaix les précipiter au fond du gouffre du Huelgoat.

Pendant ce temps, Gradlon s'enfermait dans son palais, fermait les yeux et se bouchait les oreilles. Le jour du Seigneur, il allait en l'église d'Ys entendre, seul, le sermon de Corentin. Le saint homme devait élever la voix pour surmonter les bruits et les cris de la ville. Sans cesse, il reprochait au roi à mots couverts la perte de foi et la dissolution des mœurs en cette ville devenue maudite à cause de Dahut. Mais Gradlon faisait celui qui ne comprenait pas. Son amour pour sa fille le rendait coupable de toutes les démissions.

Puis vint l'Étranger.

L'homme était beau comme un Dieu, mais ce n'était pas un Dieu, au contraire. Son équipage était aussi magnifique que son train d'hommes, constitué de sept majestueux cavaliers. Et d'un nain. On les vit souiller un jour de pluie le mont sacré du Menez Hom, puis, entourés d'effroi, traverser lentement le Grand Palud et pénétrer dans la ville basse dans un silence de mort. Le ciel était sombre ce jour-là et l'homme était rouge comme la honte, vêtu de sang, regard de braise, cheveux et barbe incendiés. Quand Dahut le vit, elle trembla d'amour.

L'Étranger s'installa en ville, fit le mal comme tout le monde, mieux que personne. La princesse le comblait d'attentions, le nourrissait de regards tendres, soumise à plus fort qu'elle. Un soir de tempête, vent de noroît, il lui proposa un bal tel que, dit-il, personne jamais n'en verrait de pareil à la surface de la terre. À minuit, dans la grande salle de fête et d'orgie du palais de Dahut, l'Étranger l'enlaça tendrement. À minuit, le ménétrier nain tout tordu souffla dans son biniou et aussitôt commença ce qu'en enfer dansaient les sept péchés capitaux, un bal mené par les sept cavaliers du démon. Tout le monde, Dahut, ses gens puis la ville tout entière, tout le monde fut emporté dans la furie d'un branle déchaîné, tournant dans le vent qui s'engouffrait mystérieusement dans la salle comme feuilles emportées par la tourmente d'automne. Ils criaient de joie, de peur, d'horreur et de jouissance. L'Étranger se sépara de sa compagne, la laissant tourbillonner comme flots happés par une écluse.

Les écluses ! La clef d'argent ! L'Étranger muni de la clef se précipitait vers les écluses. L'avait-il subtilisée à Dahut pendant le bal maudit ? Ou avait-il plutôt convaincu la princesse elle-même de l'aller quérir au cou du roi Gradlon, dans son palais, dans son sommeil ? Certains le disent.

L'Étranger muni de la clef se précipitait vers les écluses. Il ouvrit les portes à la mer pleine puis, repre-

nant sa forme de démon, il se mit à rire, d'un rire qui fissura les murailles et rompit le branle maudit.

Puis il disparut.

Selon d'autres traditions, ce serait Dahut elle-même qui aurait ouvert les vannes.

"L'eau monte ! L'eau monte !" Partout dans la ville s'élevait ce cri de détresse, jusque dans le palais de Gradlon. Le roi se précipita dans la cour. Il avait déjà les pieds dans l'eau. Il vit venir à lui l'ombre noire de son toujours fidèle Morvarc'h, sauta sur sa croupe et parcourut les rues en criant : "Fuyez la colère de Dieu, âmes en peine !" Il cherchait sa fille. Là ! Près de la Porte du Palud. Elle grimpa derrière son père. Le cheval, magnifique de courage, se précipita dans les flots déchaînés par la fureur du Ciel et sa tempête. Vent, pluie, vagues, Morvarc'h continuait. Au moment d'atteindre l'anse salvatrice, Guénolé, de sa crosse, son vêtement de peau ballotté par le vent, Guénolé qui les attendait sur la côte, les yeux flamboyants, prévenu par son Maître, Guénolé fit glisser Dahut dans la mer en l'effleurant de sa crosse abbatiale. Ce qui calma aussitôt la tempête, le Ciel et sa fureur. Morvarc'h, allégé, rejoignit le rivage.

Dahut-Ahès est sirène maintenant. Elle s'appelle Marie-Morgane et chante la nuit à la lune.

Ahes, breman Mari-Vorgan
E skeud al loar, d'an noz, a gan.

Quant à Gradlon, il accompagna Guénolé à l'abbaye de Landévennec. Et ce fut là, à l'abri des grands arbres de paix, que sa vie tourmentée s'acheva peu de temps après.

Requiescat in Pace...
... *Pour l'éternité !*

Voilà pour le versant chrétien de l'édifice. La face opposée en est la correspondance exacte, mais le bien et le mal y sont inversés.

Dahut grandit dans la lande et les marais, au contact des êtres merveilleux de notre contrée. Un jour, son père lui bâtit la ville de mer. Elle y fut bonne princesse. Ker-Ys était joie, musiques, danses, liberté, mais le Dieu d'outre-mer n'y était pas reçu, au désespoir de Corentin. Les rites étaient ceux des anciens Celtes.

Gradlon aimait sa fille d'un amour excessif, peut-être parce qu'il revoyait en elle les traits de sa douce Malgven. Un amour de chair.

Un enfant naquit.

Était-il le fils du Corbeau Rouge – Bran Ruz –, le jeune Gaulois aux cheveux roux qui, disait-on, était le frère de tous les êtres de sang et de sève, l'ami du Roi-Poisson et l'amant de Dahut ? Ou bien était-il le fils du roi de Cornouaille lui-même, comme il se murmurait dans les chaumières du pays ?

Un jour que Gradlon poursuivait sa fille de son assiduité, celle-ci s'enfuit sur le dos de Morvarc'h, le cheval de sa mère, son fils entre les bras. Son père se précipita à sa suite dans les flots tempétueux en hurlant son amour. Il reproduisait ainsi une scène qu'il avait (peut-être) déjà vécue avec Malgven.

La ville fut détruite et Guénolé était dans la ville.

Guénolé ouvrit-il les portes à la mer ?

Gradlon s'associa-t-il à cette purification ? Par dépit ? Par quête de rédemption ?

Ys fut engloutie.

Gradlon trouva refuge à Landévennec.

Dahut se transforma en sirène et se mit à la recherche d'un monde meilleur.

Requiescant in Pace...

5

Un long moment de silence flotta dans le gris-bleu confiné de l'atmosphère universitaire en voie de triple désoxygénation. Ce fut le fumeur de maïs qui le rompit d'un brusque geste de la main et d'une voix rocailleuse :

– Professeur, vous êtes un vrai conteur. Je dois même vous avouer que vous m'avez captivé. Certains détails m'ont tout particulièrement intéressé, comme vous pouvez vous en douter. Mais avant d'en venir au vif du sanglant sujet qui nous réunit en ces lieux, j'aimerais assez que vous me débarrassiez d'un taraud. Que je sache, la ville dans laquelle nous nous trouvons s'appelle bien Ys ! Vous confirmez ? Alors, qu'est-ce que c'est que cette histoire de destruction antique et aquatique ? Quand la ville a-t-elle été reconstruite ?

L'amateur de pipe sourit au porteur de cigare et vice-versa.

– Mon ami, dit l'universitaire en couronnant Bruno de trois ronds de fumée, les textes et les témoignages archéologiques disponibles à l'heure actuelle ne nous permettent pas de connaître l'histoire de la cité antérieurement à 951, date à laquelle a été rédigé le premier document faisant succinctement mention de la nouvelle ville d'Ys, ancêtre de celle que nous connaissons de nos jours. Je fais exception bien sûr de ce que nous savons de la fondation et la destruction de la première ville, une connaissance qui nous a été miraculeusement communiquée par la longue chaîne quinze fois séculaire de la transmission orale. Il y a donc une période de plus de quatre cents ans, entre le début du VIe et le milieu du Xe siècle, dont nous ignorons absolument tout. Le blanc intégral.

Daoudal fit une pause théâtrale avant de continuer :

– Le blanc intégral ? En fait, peut-être pas tout à fait. Mes derniers travaux me permettent en effet de proposer une théorie au sujet de la date à laquelle la ville aurait été reconstruite... Je l'ai développée sous la forme d'un roman : "Ys ressuscitée" où je...

– Laissons ça, s'il vous plaît, interrompit le policier. Pour le moment, j'aimerais que l'on revienne à nos moutons, c'est-à-dire à l'ermitage de Corentin, aux masques des amants de Dahut... Que pouvez-vous m'en dire, monsieur Le Louarn ?

– Appelez-moi Quentin, répliqua malicieusement le paléontologue. Je vais vous expliquer comment j'ai établi une relation entre les meurtres et Dahut. Car c'est bien elle, votre meurtrière, j'espère que vous l'avez compris maintenant.

Bruno acquiesça. Quentin poursuivit :

– J'ai d'abord cru que le meurtrier – j'ignorais alors son sexe – avait un compte à régler avec Corentin ou avec ce qu'il représentait. Un crime commis sur une place portant son nom, puis un autre dans son ancien ermitage, le doute ne semblait pas permis. Pourtant, quelque chose m'intriguait. Je ne sais pas quoi. Peut-être le regard du petit homme de pierre braqué sur la tache de sang... Quoi qu'il en soit, je me suis rendu devant la cathédrale de Quimper hier soir. Et j'y ai vu le roi Gradlon. Ou plutôt sa statue équestre, entre les deux flèches. Grâce à la photo de la silhouette tracée à la craie sur le parvis parue la semaine dernière dans la presse locale, j'ai pu localiser exactement la position du corps par rapport à la statue. Eh bien messieurs, je peux vous assurer que le cadavre se trouvait juste à sa verticale. Une conclusion évidente s'imposait dès lors : ce n'était pas Corentin qui était désigné par le mort de Quimper, mais Gradlon ! Aussitôt, la légende d'Ys m'est revenue en mémoire, en particulier l'épisode des masques dont Dahut affublait ses amants.

– Soit, dit le Lorrain. Admettons qu'il – qu'elle – ait voulu "désigner" Gradlon puis Corentin à l'aide de ses victimes. Mais pourquoi diable avoir choisi Quimper et Plomodiern plutôt que d'autres villes tout aussi symboliques, sinon plus ? Je pense à Ys par exemple.

– Parce que ce sont les lieux les plus pertinents. Dans le cas de Corentin, c'est évident. Lescobet est l'implantation primitive du futur évêque de Quimper. La symbolique ne peut être plus forte nulle part ailleurs. Il en est d'ailleurs de même dans l'autre cas. Quimper a été la capitale du royaume de Gradlon.

– Professeur, il y a combien de statues de Gradlon dans la région ?

– Il n'en existe que trois, répondit Daoudal sans hésiter. La première est à Argol, abritée par le fronton central de l'arc de triomphe. Elle date du XVe siècle. La seconde, vous la connaissez : c'est la grande statue équestre qui se trouve à la Barbacane d'Ys. Elle porte sur son socle la date de 1588. Elle a servi de modèle au sculpteur qui a réalisé en 1858 celle de la cathédrale de Quimper, plus petite, dont Quentin vient de parler.

Le policier était songeur.

– Je ne suis pas complètement convaincu, dit-il. Il me semble qu'il aurait été bien plus percutant de déposer le cadavre de Le Bihan au pied de la statue de Gradlon, à l'entrée d'Ys. Là, aucune ambiguïté possible. Et puis n'est-ce pas Ys qui accueillit le roi après son départ de Quimper, ville à laquelle on rattache généralement le nom de Corentin ?

Quentin reprit la parole :

– Le roi lui a donné Quimper après la construction d'Ys. Mais c'est tout de même lui, Gradlon, qui passe pour en être le fondateur.

– Ouais... Maintenant expliquez-moi pourquoi Dahut réincarnée – j'ai effectivement des raisons de vous accorder que l'assassin est une femme – s'acharne sur ces deux personnages, dont l'un est tout de même son père.

Ce fut encore le Professeur Daoudal qui répondit :

– Prenons l'une après l'autre les deux versions de la légende. Premier version : Dahut la mauvaise princesse est en conflit avec Corentin, le bon serviteur de Dieu. Elle l'est aussi avec son père, le prosélyte, qui ne fera rien pour sauver sa fille lorsque

Guénolé la fera chuter dans l'océan déchaîné après la destruction de la ville d'Ys. Deuxième version : le clan du Bien devient celui du Mal mais le conflit demeure et se fait même plus aigu. Corentin reste l'adversaire qui veut introduire dans la nouvelle ville le culte exclusif de son Dieu. Gradlon est un père trop aimant, probablement incestueux. Il est peut-être même le père de l'enfant de Dahut. Nous constatons donc que quel que soit le cas de figure, Dahut a de très bonnes raisons de vouloir se venger de ces deux hommes. Ses ennemis.

– ...À la liste desquels il convient d'ajouter... Guénolé, compléta Quentin.

Il ajouta d'une voix plus forte, en détachant nettement les syllabes :

– Voyez-vous où je veux en venir, lieutenant ?

Mais Bruno n'écoutait plus. Il pensait à Nervèze qui était peut-être plus qu'un simple harceleur d'étudiant. Avait-il des mœurs identiques à celles du mauvais Gradlon ? Ça permettrait de comprendre bien des choses... Mais non. L'helléniste n'avait pas d'enfant, pas de fille outragée susceptible de se transformer en sirène vengeresse.

– Lieutenant ?

– Quoi ? Qu'y a-t-il ?

– Guénolé.

– Quoi Guénolé ?

– Ne pensez-vous pas que Guénolé sera notre prochaine victime... virtuelle ?

Les esprits étaient tendus, le temps suspendu aux lèvres du paléontologue :

– C'est le troisième ennemi, peut-être le pire. L'intégriste au dire de certains. Il y aura un meurtre bientôt. Nous savons que Dahut va frapper à nouveau. Je sais où cela aura lieu. Et vous, vous savez quand.

– À minuit, samedi ? risqua le policier.

– Au moment où débute le jour du Seigneur, s'affligea Daoudal.

– Et le lieu sera... commença Bruno.

– ...Landévennec ! termina Quentin.

Mercredi 24 octobre
15 h 00

La BMW de Bruno Krafft venait de piler à grand bruit sur la petite place d'Argol en faisant décoller une nuée de gravillons. Quentin, pivoine, fit claquer sa portière.

– Je n'aime pas les frimeurs dans ton genre qui poussent leur caisse à fond sur les petites routes de campagne au risque de...

– Ta gueule, l'intello ! Pourquoi t'as voulu qu'on s'arrête ici ?

Quentin inhala une énorme potée d'air anxiolytique puis avança jusqu'à la triple arcade d'un arc monumental servant de porte d'accès au cimetière.

– Là, regarde, au-dessus de l'arcade centrale, sous le petit chapiteau. Gradlon. Tu peux apercevoir derrière lui le blason en pierre d'un abbé de Landévennec.

Bruno examina le rude cavalier d'un air farouche. Lui aussi avait dû filer comme le vent sur les routes de Cornouaille sans s'inquiéter des rampants. Et il n'aurait sans doute pas laissé vivre longtemps le branlotin qui aurait osé lui en faire le reproche. Comme les temps changent...

Il fit demi-tour mais avant de rejoindre sa voiture, il s'arrêta devant un étrange ensemble monumental en granit mangeant trois places de parking.

– Laisse-moi deviner, dit-il à son compagnon qui venait de le rejoindre. Ça, c'est le cheval Morvarc'h portant Dahut et son enfant. Et là, émergeant des flots, la tête couronnée de son père essayant de la retenir. J'ai bon ?

– Oui. C'est la version païenne de la légende. L'autre face illustre la version chrétienne. Viens voir, dit Quentin en se déplaçant de l'autre côté du monument. Cette fois, c'est le roi Gradlon qui est à cheval. Il tient sous le bras une flèche de la cathédrale de Quimper. Regarde bien : elle a deux bras, c'est la personnification de Corentin. Et dans les flots, il y a Dahut-Ahès devenue Marie-Morgane, la sirène.

– De quand ça date, ce truc ?

– Je ne sais pas. C'est récent*.

Bruno remonta en voiture en faisant signe au paléontologue de se dépêcher de le rejoindre. Et en route pour l'abbaye... Plus lentement.

La voiture noire roulait sous un ciel clément. Pas un souffle de vent pour s'opposer à sa progression.

* Le monument dont il est question ici est l'œuvre de Patrig Ar Goarnic.

Pas une larme de pluie. Seules particules atmosphériques en mouvement, quelques feuilles étaient retournées en tous sens dans l'automne ambiant par les doigts fins d'un soleil curieux.

– Ça veut dire quoi, "Argol" ?

Quentin ne répondit pas tout de suite. Il examinait son voisin. Quel drôle d'animal, tout de même, ce policier !

– L'étymologie du nom est controversée, dit-il enfin. Selon certains, ça voudrait dire "La perdition". Argol était à l'origine un prieuré de Landévennec. Mais dis-moi, le policier, commencerais-tu à t'intéresser à l'histoire locale ?

Le Lorrain se replia derrière une carapace de silence. Il était mal à l'aise avec ce jeune con insolent se permettant de se comporter d'égal à égal avec lui. Même de le tutoyer.

Enfin, ça, ce n'était pas très grave...

Boâh ! Et puis finalement, il était sympa.

Et puis il avait donné un sacré coup d'accélérateur à l'enquête.

Bruno décéléra brutalement avant d'aborder les derniers virages menant au bourg de Landévennec. Il ralentit encore dans la descente quand il aperçut les premières maisons. Et ce fut à une allure monacale qu'il se dirigea vers les ruines de l'ancienne abbaye.

Ils stationnèrent à l'entrée du site sous d'improbables palmiers, puis ils se dirigèrent vers le bâtiment d'accueil. Personne. C'était fermé en semaine.

La petite barrière symbolique fut aisément franchie par les deux hommes qui se retrouvèrent devant l'entrée de l'ancienne église abbatiale, dont il ne restait que quelques pans de mur, des trognons de colonne et, tout au bout de la croix latine, la partie inférieure des absidioles. Ils traversèrent la nef puis franchirent le petit escalier qui menait au chœur. Quentin se plaça au centre du transept.

– C'est en 1790 qu'ont été expulsés les quatre derniers moines. L'abbaye a été vendue deux ans plus tard. Quant au nouveau monastère, il se dresse sur la hauteur, un peu à l'écart du village. Il a été inauguré en 1958.

– Laisse tomber l'histoire religieuse, l'abbé, tu veux ? On cherche un lieu où notre givrée serait susceptible de déposer un cadavre. T'aurais pas une idée ? Parce s'il faut faire garder l'ensemble du site, en pleine nuit de surcroît, un bataillon de CRS ne suffirait pas.

Quentin ne répondit pas. Il se contenta de montrer du doigt le bras sud du transept. Bruno tourna son regard vers le point qu'il indiquait. L'endroit était obscur. Une haute silhouette s'en détachait avec peine. Le policier s'approcha. Il y avait là, adossée à la muraille, une statue de deux mètres environ, représentant un religieux mitré et moussu qui tenait un gros livre dans la main gauche.

– C'est Guénolé, ça ? Il tire la tronche... Tu crois que c'est là qu'elle compte lâcher son colis ?

– Oui, sans aucun doute, répondit Quentin. J'ai potassé de la doc avant de venir. Il y a neuf statues de Guénolé dans la commune de Landévennec. La première se trouve à l'entrée de la chapelle du Saint-Sacrement dans l'église abbatiale actuelle, les sept suivantes sont enfermées dans le musée de l'abbaye. Tu te trouves devant la neuvième, la seule aisément accessible. Statue en kersantite datant du début du XVIe siècle, anciennement localisée près du grand autel. Elle a été commandée par l'abbé Jean du...

– Arrête ça, le guide, j'ai pas de monnaie.

Bruno s'approcha du géant de pierre.

– Beau morceau !

Il se mit à fureter dans tous les recoins, peut-être sa manière à lui de tendre des rets.

– C'est sûr que l'endroit est parfait. Tu dois avoir raison, Quentin.

Puis il s'immobilisa à nouveau devant le vieil abbé.

– À croire qu'on l'a installé ici dans cet unique but. Regarde-le. Il l'attend. Il tient son bouquin ouvert mais il ne lit pas. Il fixe un point devant lui, il a les yeux dans le vague.

Bruno s'approcha, le toucha, lui murmura à l'oreille :

– Guénolé, fils de Fracan...

Encore plus près :

– Tu le sais, elle va venir. Avec un ami. Nous aussi, nous serons là.

Il s'arracha à la pierre, se précipita vers la nef.

Jeudi 25 octobre
14h30
Huelgoat

La femme n'avait pas d'âge. Elle n'avait ni beaux meubles, ni belles robes. Elle n'avait même pas de ce charme dont les lambeaux restent parfois longtemps accrochés entre les sillons des rides trop tôt creusés par le soc de la vie, qui passe si vite.

Mais elle avait la solitude, la tristesse, elle avait une énorme quantité de soupirs à offrir, ainsi que des madeleines pour accompagner la lavasse kaki que remuait Bruno sans conviction.

Madeleine, d'ailleurs, c'était son nom. Madeleine de Nervèze. Patronyme antique pour vieille demoiselle.

Bruno était là à sucer des gâteaux depuis déjà un quart d'heure et il ne savait rien de plus qu'à son arrivée. La vieille fille était aussi avare de paroles qu'elle était prodigue de biscuits.

– Écoutez-moi bien, mademoiselle. Je n'ai plus de temps à perdre. Il y a quelque part un assassin, probablement une femme, qui prépare tranquillement son quatrième meurtre. Je suis persuadé que votre frère connaissait cette femme. Et peut-être vous aussi.

La vieille placide ne réagit pas à ce changement de ton. Elle se contenta de murmurer :

– Je ne vois pas. Antoine ne venait pas souvent à Huelgoat, vous savez.

– L'avez-vous déjà vu avec une femme ?

– Je ne crois pas.

– Avec un homme?

– Euh... Il y avait bien son ami Jean Le Meur. Il est venu une fois ici avec lui, il y a deux ou trois ans. Il voulait lui montrer le chaos et le gouffre.

Encore ce mystérieux Jean Le Meur... Le Meur, comme Gradlon-Meur.

Bruno sortit une gitane.

– Que pouvez-vous me dire au sujet de cet homme?

– C'était son meilleur ami. Ils étaient inséparables.

Il alluma une frotteuse.

– Il habitait à Brest, non?

– Oui, mais je ne sais pas où. Il était veuf. Il a longtemps vécu seul avec sa fille.

Le policier se figea. La flamme courait toujours sur l'allumette.

– Sa fille? répéta-t-il en secouant vivement ses doigts endoloris. Elle s'appelle comment, sa fille?

– Agnès.

– Quelle âge a-t-elle maintenant?

– Je ne sais pas. Elle est sûrement adulte.

– Vous l'avez déjà vue?

– Non.

– À quelle occasion votre frère vous en a-t-il parlé?

– Oh, je ne sais plus. Vous savez, il parlait souvent de son ami Jean. Il a dû mentionner sa fille incidemment, au détour d'une conversation.

Bruno se leva.

– Je vous remercie. Si quelque chose vous revient en mémoire, n'importe quoi, appelez-moi à ce numéro.

Il griffonna dix chiffres sur une feuille de carnet.

– N'hésitez surtout pas, ajouta-t-il. Des vies sont en danger... Et sans doute par la faute de votre frère.

Sur le point de sortir, il hésita, se retourna pour demander :

– Savez-vous ce que signifie "Meur" ?

La vieille fille sourit pour la première fois depuis le début de l'entretien :

– Ça veut dire "Grand".

Vendredi 26 octobre
9 h 30
Commissariat de Quimper

– Et vous... et vous... lui faites confiance ?

Étienne Fabian n'en croyait pas ses oreilles. Quand Krafft avait commencé à lui expliquer les (probables) connexions existant entre la légende de l'ancienne ville d'Ys et les motivations (vraisemblables) de la meurtrière (hypothétique), il avait écarquillé ses yeux porcins à s'en décrocher les arcades. Quant au clope noirâtre qui adhérait à sa lèvre inférieure, il avait chu, de concert avec la mandibule, au moment où le Lorrain lui avait annoncé qu'il avait l'intention de monter le lendemain soir une embuscade à Landévennec en compagnie d'un... paléontologue.

– Je n'ai pas à lui faire confiance, rétorqua Bruno. Il m'a convaincu. Dès lors, j'agis. Vous en êtes ?

– J'en suis, assura Jacky à qui on ne demandait rien.

Le commissaire rattrapa arcades, mandibule et cigarette puis, définitivement vaincu, il poussa un soupir d'acquiescement.

– Il y a autre chose, continua Bruno. Je suis allé à Huelgoat, hier. J'ai rencontré la sœur de Nervèze qui m'a mis sur la piste d'une certaine Agnès, fille de Jean Le Meur, professeur de français domicilié à Brest et mort en juin dernier. J'aimerais assez que vous lanciez un avis de recherche. Le nom a peut-être changé. Sûrement même, s'il s'agit bien de la personne à laquelle je pense.

– Agnès ? fit Jacky. "Y aime A", tu te rappelles ? Y pour Yann et A pour... Agnès ?

Une ombre de sourire détendit l'espace d'un instant le visage tourmenté de Bruno. Il avait oublié cette inscription découverte sur une boîte d'aspirine dans l'appartement de Yann le Bihan. La remarque de son collègue le renforçait dans sa détermination à rencontrer cette femme au plus tôt.

– Je mets quelqu'un sur le coup, proposa Fabian. Et maintenant, si vous me parliez de notre expédition de demain au pays des moines...

15 h 00
IRLCD, "Villes disparues",
Département "Campanie"

Une femme soudée à son amant, à califourchon, et auprès d'eux, un couteau dans un homme...

Bruno examinait sur le grand écran de l'ordinateur de Nolwenn la reconstitution virtuelle en 3D du crime antique. La jeune archéologue, assise devant lui, faisait varier l'angle d'observation à l'aide de la souris.

Quentin se tenait légèrement en retrait. Alchimiste des rencontres singulières, il avait décidé de présenter son nouvel ami à sa seule amie.

– Comment interprétez-vous la scène ? demanda Bruno à la jeune femme.

– Eh bien, il semblerait que le couple ait été surpris par l'éruption du Vésuve en faisant l'amour. Auparavant, il se serait débarrassé d'un gêneur...

– Le régulier de la bonne femme ? Ouais...

– Mais quelque chose me gêne, reprit Nolwenn aussitôt. Le corps de la femme est tordu, probablement à cause de la souffrance qu'ont pu entraîner la chaleur et la privation d'oxygène, dues au recouvrement par les cendres. Pourtant, le corps du type qui se trouve sous elle est droit comme un "I" couché, comme s'il...

– ...Était déjà mort au moment de la catastrophe... Ouais. Pourriez-vous me faire un zoom sur le cou de l'amant. Je crois y apercevoir quelque chose de bizarre, une marque ou...

La jeune femme s'exécuta, ravie de pouvoir profiter de l'expérience d'un homme du métier des crimes.

– Savez-vous ce que c'est, demanda Bruno ?

– J'avais déjà repéré cette trace. J'ai traité l'image, regardez.

Elle tapota. Diverses versions du cou marqué, variablement colorées, numériquement filtrées, informatiquement contrastées, apparurent sous ses doigts de fée.

Il y avait une sorte d'encoche circulaire dans la partie antérieure du cou, un trou dentelé... comme s'il manquait un morceau...

– Si c'est la femme qui lui a fait ça, continua-t-elle, comment s'y est-elle prise ? Elle n'avait pas d'arme, pas de couteau, rien.

Bruno lui demanda d'agrandir le visage de la femme. Elle s'exécuta.

– Regardez ça, fit-il. Vous ne trouvez pas que le bas du visage est anormalement étiré ? Que ses joues sont gonflées ? Comme si... elle avait quelque chose dans la bouche...

Nolwenn se leva brusquement, plaqua une main sur sa gorge. Quentin se précipita vers l'écran.

– Nom de Dieu ! s'exclama-t-il. Nom de Dieu !...

Bruno s'approcha de la fenêtre.

Fureta dans sa poche à la recherche d'une dernière cigarette.

À nouveau, goutte à goutte, le ciel gris abreuvait la mer grise.

6

Samedi 27 octobre
22h30

La pluie se faisait tenace. Toute la nuitée, toute la journée, elle avait soûlé la mer, elle avait baigné la terre. Sans discontinuer. À n'en plus finir.

Ce fut donc sous le fil tendu des lignes d'eau rendues obliques par le vent de suroît que l'ancienne abbatiale de Landévennec avait reçu ses rares visiteurs du samedi. Certains d'entre eux n'étaient pas repartis. À cette heure, ils étaient toujours là, sous leur ciré de gendarme, dans leur défroque de policier, qui à l'abri d'un lambeau de mur, qui derrière un socle de colonne transformé en jardinière. Mais la plupart des courageux fonctionnaires au service de la Vertu se massaient dans la chapelle funéraire dite "tombe du roi Gradlon". Non pas pour s'abriter des humeurs célestes (elle était dépourvue de toit), mais bien parce qu'elle se trouvait près du bras sud du transept, c'est-à-dire tout près de la statue de saint Guénolé. Là, se serraient Bruno Krafft, Quentin Le Louarn, Jacky Le Moigne et un tas de flics. Le commissaire était plus loin, hors du plan de l'église, de l'autre côté de la route, près de l'entrée du musée, à croupetons avec le capitaine de la brigade de gendarmerie du Faou.

Il pleuvait, mais je crois l'avoir déjà dit.

Quentin piétinait le sol vénérable de la chapelle en se tordant les mains.

– Bruno. Je suis inquiet. Quelque chose me dit que ça va mal se passer.

Si la nervosité du Lorrain était plus intériorisée, elle n'en existait pas moins. D'un geste rageur, il imposa le silence. Il ne voulait pas entendre les états d'âme de celui qui les avait amenés ici.

Le chuintement chantant du vent n'était troublé que par le clair cliquètement des gouttes sur les ruines ombreuses abritant de trompeuses silhouettes de pierre qui ne semblaient pas être définitivement acquises à l'immobilité. Illusions...

Les hommes patientaient en se souvenant de la chaleur de leur foyer. Interdiction de fumer. Ils changeaient sans bruit de position en faisant en sorte qu'aucun mouvement ne fût visible de la nef. L'eau et le temps s'écoulaient sans heurt. L'heure du crime approchant, l'ardeur du vent, le pilonnage de la pluie et l'attention de chacun redoublaient.

Pendant ce temps, quelque part à Quimper, Nicolas Kerber, seul et trempé, L'attendait.

Elle ne tardera plus maintenant.

Nous irons ensemble voir la mer, nous nous enlacerons peut-être une fois encore et ensuite, Elle fera de moi ce qu'Elle voudra. Je renonce à la science qui n'a pas voulu de moi. Et ma vie ou ce qu'il en reste, je la Lui offre.

Je ne doute pas que le final sera plus à la mesure de Sa démesure qu'à celle de ma médiocrité.

Dépêche-toi, Agnès, il faut en finir !

Lorsque la Clio rouge apparut, Nicolas ne put s'empêcher d'esquisser un geste de fuite, qui s'estompa dans la pluie.

Ce fut sa dernière révolte.

23 h 10. Quentin n'avait pas oublié les objections que Bruno avait faites au sujet de la pertinence du choix de Quimper pour une meurtrière souhaitant se venger symboliquement de Gradlon. Il se souvenait parfaitement de ce qu'avait dit le policier : "Il aurait été bien plus percutant de déposer le cadavre de Le Bihan au pied de la statue de Gradlon, à l'entrée d'Ys. Là, aucune ambiguïté possible. Et puis n'est-ce pas Ys qui accueillit le roi après son départ de Quimper ?" Quentin savait qu'il lui avait opposé des arguments spécieux.

23 h 15. Ce qui l'angoissait, mais alors ce qui l'angoissait vraiment, c'était qu'il avait conduit une troupe de policiers et de gendarmes sur le site de Landévennec sans être parfaitement sûr d'avoir tout compris. Il lui avait semblé évident qu'après Gradlon et Corentin, le prochain visé serait Guénolé. Et qui dit Guénolé, dit bien évidemment... Landévennec.

"Oui, pas de problème. Calme-toi, Quentin. C'est bien ici. Tu ne peux pas t'être planté. Et puis, il y a cette superbe statue qui est comme un appel. C'est évident, elle va venir ici, la Goule, et on va la cueillir comme un fruit blet. Tu ne peux pas t'être gouré à ce point. IMPOSSIBLE."

23 h 20. Mais son démon (socratique?) le taraudait :

"Oui, mais dans le cas de Gradlon, le lieu symbole c'était Ys, pas Quimper, avec là aussi une superbe statue à l'entrée de la ville, une véritable provocation. Alors, nom de Dieu, pourquoi est-elle allée à Quimper? Pour brouiller les pistes? Bruno a raison, bordel. Quimper, c'était la ville de Corentin. Gradlon la lui avait donnée avant de s'installer à Ker-Ys... Et si finalement les lieux d'élection de cette sirène du Diable n'étaient pas les sites les plus symboliques des personnages qu'elle vise? Que seraient-ils, alors?"

23 h 25. Quentin infusa un concentré de sueur froide dans l'eau ruisselant sur son visage. Il tenta de se calmer, fit le vide et reposa les données du problème. Trois personnages-clés : Gradlon, Corentin, Guénolé. Trois lieux symboles : Ys, Quimper, Landévennec, respectivement. Ça ne collait pas du tout. Panique à nouveau. Puis il se força à retrouver son calme.

– Je reprends. Trois personnages-clés : Gradlon, Corentin, Guénolé. Trois lieux symboles : Ys, Quimper, Landévennec, respectivement. Les associations pour les deux crimes précédents sont : Gradlon/Quimper, Corentin/Lescobet. Quimper, pour Gradlon, c'est la ville qu'il fonde, sa ville capitale avant qu'il ne s'installe à Ys. AVANT YS ! Lescobet, pour Corentin, c'est son lieu d'implantation, avant Quimper. AVANT QUIMPER ! Bordel ! On s'est plantés, c'est sûr. Bruno ! BRUNO !"

Il avait presque crié. Il était presque 23 h 30.

La voiture rouge filait sur les petites routes détrempées. Agnès ne disait mot. Son visage était impassible. Seuls ses yeux...

Nicolas, assis à la place du mort, se préparait sereinement. Sa vie défilait et, comme une roue au cinéma, il remontait le temps en avançant.

C'était une petite île ronde reliée à la terre par un parking ombilical. Elle se gara dans un recoin, tout de suite à gauche en arrivant.

– Tu ne prends aucun risque, Agnès. Là où tu l'as mise, ta voiture est invisible.

Elle lui sourit.

– Que veux-tu dire ?

– Rien.

Ils sortirent.

La mer montait. Les vagues grignotaient la grève regardant Landévennec, au-delà de l'Aulne.

Ils s'enlacèrent dans le poudrin blanchâtre fait d'embruns et de pluie.

– Bruno, on s'est complètement gourés. Elle ne viendra pas ici.

Des larmes complétaient maintenant la mixture fluide dégoulinant sur les joues livides de Quentin.

– Répète un peu, cracha Bruno en le secouant comme une lessive.

– On s'est trompés. Viens vite. Il n'est peut-être pas trop tard. Je t'expliquerai dans la voiture. Laissons les autres ici, au cas où. Tirons-nous vite, Bruno !

L'homme d'action Krafft savait réfléchir à temps compté. Il ne demanda rien de plus que le nom de l'endroit où ils devaient se rendre, souffla quelques recommandations à Jacky, puis suivit le thésard.

Les deux hommes traversèrent sans bruit l'abbatiale ruinée, longèrent le mur extérieur, puis se faufilèrent dans la BMW garée deux cents mètres plus loin, sous les vilains palmiers dont les feuilles fouettaient vainement le vent en pétillant sous la pluie. Bruno démarra en trombe.

Ce fut à 23 h 42 que la voix brisée de Quentin fissura le silence de l'habitacle :

– Ce ne sont pas les lieux emblématiques des personnages de la légende d'Ys qu'elle choisit pour déposer ses victimes – elle en aurait préféré d'autres –, mais plutôt les implantations originelles. Ainsi ce fut d'abord Quimper, la ville que fonda Gradlon dès qu'il accéda à la royauté, puis Lescobet, l'abri du solitaire Corentin, première station sur le chemin qui devait le mener à l'épiscopat de Cornouaille. Et ce sera *Tibidy*, là où Guénolé et ses compagnons se sont installés avant de franchir l'Aulne et de fonder l'abbaye de Landévennec... J'aurais dû le comprendre avant.

Bruno gardait le silence. Quand il consulta sa montre, il était 23 h 50. Ils approchaient à toute allure du Pont de Terenez qui surplombait l'Aulne.

– On dirait qu'elle veut souiller ses ennemis symboliques en profondeur, continua Quentin. Elle semble vouloir les déraciner avant qu'ils aient acquis leur stature intemporelle. Peut-être avant qu'ils aient pu faire le mal. Lui faire du mal, à elle, Dahut. Et elle agit toujours autour de minuit, le samedi. Au moment où *commence* le jour du Seigneur, comme le faisait très justement remarquer Daoudal. Là encore, elle va à la source du Mal...

Minuit. Le Faou. Quentin continuait. Il devait parler pour évacuer sa détresse :

– Dahut en veut à son père, aux amis de son père. Dahut exècre la religion chrétienne...

Bruno dressa l'oreille. Il pensa à Agnès Le Meur, à son père, à l'ami de son père. Le Meur et Nervèze étaient tous deux très croyants, avait dit la vieille femme de Kerlaz...

00 h 10. La voiture noire venait de quitter la voie express et s'engageait dans les petites routes devant les mener à la presqu'île de Tibidy. Quentin, qui connaissait les lieux, guidait son compagnon. Celui-ci prit soudain la parole pour la première fois depuis leur départ :

– On va sans doute arriver trop tard. On bloque les bagnoles qui se pointent face à nous. Elle sera peut-être à l'intérieur de l'une d'entre elles.

Mais ils ne croisèrent aucun véhicule.

23 h 50

Il savait.

Ce fut dans les vagues, en faisant l'amour, qu'elle comprit que Nicolas se préparait au sacrifice en toute connaissance de cause.

Cela n'empêcha pas la femme de l'assassiner avec une incroyable sauvagerie. Elle l'étrangla à mains nues, dans la mer. Puis elle le traîna sur le parking et s'acharna sur lui, une fois armée de son couteau. La pauvre victime consentante fut émasculée, dépecée, son sang couvrit le corps nu de son étrange bourreau qui dansa, tourna, puis courut sur la grève et plongea, sirène écarlate, dans la mer déchaînée. Et ce fut là, qu'enfin rassérénée, elle modula une lente et lugubre *gwerz**.

Mais elle resta peu de temps dans les flots. Son hypersensibilité avait détecté l'ennemi qui approchait. Elle rogna donc son bonheur tout neuf en écourtant l'immersion purificatrice. Elle se rhabilla rapidement mais prit le temps, avant de courir à sa voiture, de sortir de son sac une grande photo qu'elle déposa sur une saillie du mur bordant la partie de l'île en contact avec le parking, juste au-dessus de ce qu'il restait du bon Nicolas.

Il était temps (00 h 15) : elle avait à peine rejoint son habitacle qu'un bolide noir surgissait sur la place.

Après que la masse informe, visqueuse, rouge eut été saisie par le faisceau des phares, voiture encalminée, moteur coupé, les deux hommes demeurèrent cois et immobiles. Ils s'attendaient bien à quelque chose du genre, mais tout de même... Un long moment passa ainsi dans le noir percé de deux infernales lueurs puis une puis deux portières s'ouvrirent sur les silhouettes au visage pâle des hommes de Cornouaille. Le cœur au bord des lèvres, les jambes flageolantes, l'un d'eux s'approcha de Nicolas, l'autre alla dégueuler pas loin.

* Mélopée celtique.

Quentin se dirigea vers le policier en s'essuyant la bouche :

– Bruno... C'est de ma faute. Si j'avais...

– Ta gueule, gronda l'autre. Retourne à ta gerbe et boucle-la !

Le policier contemplait, les bras ballants, un spectacle – rouge – tellement indescriptible que je ne me risquerai pas à le dépeindre. Il tendit la main pour saisir le document qui avait été ostensiblement déposé juste au-dessus du corps sur un ancien socle de statue enchâssé dans le mur. C'était une photo. Une photo de sculpture. Une sculpture de Guénolé. Le Guénolé de l'ancienne abbatiale de Landévennec...

– C'est pas vrai ! Regarde ça, Quentin ! Il n'y a pas une heure, on se trouvait à deux pas de cette statue... Elle se fout de nous.

À ce moment, un vrombissement se fit entendre à l'autre bout de la place. Les deux hommes se retournèrent pour voir disparaître derrière le virage d'accès au parking une masse automobile rougeâtre, tous phares éteints.

– ELLE ÉTAIT LÀ ! hurla Bruno. Vite ! Monte !

La BMW crissa sa hâte sur le gravier humide, d'abord en marche arrière, puis en avant dans une demi-courbe au rayon métrique. Elle accéléra dans la ligne droite pour absorber le virage à une vitesse supersonique.

La chaleur de l'habitacle dessouda les mâchoires crispées du policier, ce qui lui permit d'exprimer son habituel regret, celui de s'être emporté :

– T'as rien à te reprocher, Quentin. T'es un as. Et on va l'avoir. Peut-être pas aujourd'hui, mais on va l'avoir.

Puis, sur un autre ton, marmottant :

– On court sur un fil calciné après la meurtrière étincelle de l'Instant, ombres vivantes parmi les ombres mortes. Ne les regarde pas, Quentin ! Ne te retourne pas !

La poursuite fut vaine. Il sillonnèrent toutes les routes de l'Hôpital Camfrout, cherchèrent des traces de roues dans les bourbeuses voies de traverse. Mais rien. Elle avait disparu.

L'étincelle pourpre courait sur un autre fil.

QUATRIÈME PARTIE

YS, AU PÉRIL DES FLOTS

1

Dimanche 28 octobre 2001
Fin de matinée
Commissariat de Quimper

Le commissaire Fabian n'en menait pas large. Le fauve lorrain qu'il avait devant lui n'attendait qu'un mot de sa part pour lui sauter à la gorge. Il se contenta donc de se la racler bruyamment. Puis le silence revint à la case départ et se poursuivit jusqu'à ce que le téléphone le rompît d'une voix grelottante. Étienne Fabian sursauta, saisit le combiné. Ce qu'il entendit eut pour effet de colorer son visage de trois des couleurs de l'arc-en-ciel. Successivement. Avec un *âtre* derrière. Je ne dis pas lesquelles. Au fait, le gris en fait-il partie ?

– Nom de Dieu ! Voilà autre chose !

Il raccrocha violemment.

– Voilà autre chose, répéta-t-il. On vient de m'annoncer que le Laboratoire municipal d'Étude et de Surveillance de l'Atmosphère, le LESA, a été cambriolé cette nuit.

– Et alors ?

– Eh bien, Krafft, l'ingénieur qui y travaillait s'appelait Nicolas Kerber et Nicolas Kerber...

– ...C'est le nom du trucidé de Tibidy, acheva l'autre.

L'identification de la dernière victime de celle que tous maintenant appelaient "la Goule" avait été effectuée aux premières heures de la matinée, grâce au juge Gripon qui la connaissait un peu, suite à un pot à la mairie de Quimper.

Un vrai coup de pot !

– Viens, Jacky, on y va.

Mais avant de sortir, Bruno se rappela une question :

– Des nouvelles d'Agnès Le Meur ?

– Pas grand-chose, répondit Fabian.

Il compulsa un document.

– Elle suivait des études de pharmacie, à Rennes. Brutalement, il y a trois ans de cela, alors qu'elle était sur le point d'achever son cursus, elle laisse tout tomber et émigre aux États-Unis. Là, on perd sa trace. Voilà ce que j'ai pour le moment.

– Continuez. Traquez-la. C'est elle. J'en suis sûr. Et trouvez une photo. Il faut faire un appel à témoin, diffuser son portrait dans la presse locale.

Le Lorrain se tira, Jacky à ses trousses.

Quant à Fabian, il se passa la main sur la brosse en se demandant ce qui lui arrivait. Son devenir hiérarchique au sein de la maison poulaga lui faisait souci. Il n'était pas sûr d'être encore le patron en sa bonne ville de Quimper.

Au LESA, ce dimanche matin, il y avait le gros directeur et un quelconque maigre adjoint au maire, délégué aux crimes et délits municipaux. Il y avait aussi le lieutenant Jouhan, un dégingandé couleur de muraille, qui s'effaça lorsqu'il vit se pointer Bruno et son ombre. Ils étaient tous groupés au centre de la grande pièce sombre au toit de métal, celle où Nicolas avait travaillé au rythme des gouttes de pluie.

Bruno était pressé.

– Alors ?

– Eh bien, commença le directeur, la porte a été forcée cette nuit.

Il montrait le lourd battant métallique de l'entrée.

– Qu'est-ce qui a disparu ?

– Eh bien...

Comment expliquer ? L'homme bedonnant hésitait.

– Eh bien...

– Bon. T'accouches, le dirlo ? J'ai quatre morts sur le feu, moi, alors grouille !

– Eh bien, euh... Les cloches...

– Les cloches ?

– Attendez, je vous explique.

Le directeur raconta avec force circonlocutions le dada de son ingénieur qui voulait reconstituer l'atmosphère de la terre primitive dans des globes de verre. Il dit aussi la grande bonté de l'employeur, tolérant au point d'avoir autorisé le chercheur frustré à monter son matos débile ici même, sur son lieu de travail.

– Et le délire continue, susurra Bruno dans le tuyau auditif de Jacky. Cette histoire, au total, c'est une fille qui déquille n'importe qui pour nourrir des statues, c'est une autre qui enquête sur un cas de cannibalisme cendreux et antique, c'est un auxiliaire de police bénévole qui gagne sa croûte en traquant les trilobites dans une boue cristallisée et maintenant, on a droit au pompon : le demeuré de la cloche aux gaz... Une vraie histoire de fou.

– Dans laquelle tu te meus comme un poisson dans l'Aulne, fit remarquer malicieusement Jacky.

Bruno éclata de rire, sous le regard médusé d'un auditoire aux sourcils levés. Puis :

– Et à part ça ?

– Rien.

– Il ne manque rien d'autre ? Pas d'objet de valeur ? Pas de dossier ou de disquette ?

– Je ne crois pas, répondit le directeur du LESA.

– Bon. Vous avez une idée de l'heure à laquelle notre intruse a opéré ?

– Intruse ?

– Ouais. C'est une bonne femme. Alors ?

Le directeur s'affubla d'un sourire bonasse.

– Je peux vous dire qu'*elle* a fait son coup exactement entre trois et six heures du matin. Un agent de surveillance passe toutes les nuits à heures fixes. À trois heures, il n'a rien vu de suspect. Il a découvert le sinistre lors de sa dernière ronde du matin et m'a prévenu immédiatement.

– Comment se présentaient ces foutues cloches ?

– Il s'agissait de globes en verre armé hermétiquement clos. Une ventouse les maintenait fixés à leur support. Leur ouverture pouvait s'exercer à distance par télécommande. Kerber les remplissait de divers mélanges gazeux qu'il soumettait à l'action d'un arc électrique. Son but ultime était de générer des molécules d'intérêt biologique, de recréer les précurseurs de la vie.

– Rien que ça !

– Mais ses expériences échouaient toutes les unes après les autres. Ça le rendait asocial.

– Il était comment ces derniers temps ?

– Particulièrement aigri. Il ne supportait plus rien ni personne.

Jacky glissa à l'oreille de son ami :

– J'en connais un autre comme ça...

Il reçu une bourrade en réponse.

Une dizaine de minutes plus tard, les deux lieutenants poireautaient sous le porche d'entrée du LESA, attendant qu'une accalmie leur permît de rejoindre la voiture. Mais l'enjouement des cieux allait decrescendo, perturbés qu'ils étaient par l'humeur dépressive d'une atmosphère dégradée gonflant leurs nuées d'un projet de déluge.

Et Bruno monologuait...

– Elle est passée par ici vers les quatre-cinq heures du mat', ce qui lui a donné le temps de prendre tranquillement sa douche, entre crime et vol. Mais que va-t-elle faire avec ces globes ?

Une soufrante fit don de sa chaleur à l'extrémité d'une tige au teint ictérique, serrée dans l'étau labial du noir policier, et ce fut comme un passage de témoin d'une vie à une autre.

– Que nous prépare-t-elle encore ? Je crois qu'elle vient de franchir le seuil d'une nouvelle étape dans son programme infernal. Les statues ensanglantées, c'est peut-être fini. Qui sait ce qui nous attend maintenant ?

– Pas moi en tout cas, assura Jacky. Tout ce que je peux dire c'est que si l'évolution de l'état de ses victimes reflète celle de son état psychique, on peut s'attendre au pire.

– Ouais.

– Je pense à un truc, ajouta-t-il. Si elle passe à une nouvelle phase, comme tu le suggères, ne va-t-elle pas aussi changer son calendrier ?

– Sans doute, oui. T'as raison. Nos petits rendez-vous du samedi soir, c'est probablement terminé. À moins qu'elle ne se soit attachée à cette heure symbolique reliant la semaine terrestre au jour de Dieu. Mais non ! À mon avis, les événements vont se précipiter. On n'aura pas longtemps à attendre. Elle sait qu'on est sur ses talons.

Les bruits de la ville se propageaient avec lenteur, gonflés d'humidité. Seuls les cris aigus de deux félins en chaleur parvenaient à peu près secs jusqu'aux deux hommes.

– Finalement, fit Jacky avec une pointe d'ironie, elle veut peut-être détruire la ville d'Ys comme semble l'exiger la logique de sa réincarnation.

– Et pourquoi pas, après tout. Au point où on en est...

La journée se poursuivit dans la fièvre et la stérilité. Les policiers avaient un nom, mais pas de visage à mettre dessous. Aucun portrait. Ils débarquèrent dans tous les ports familiaux susceptibles d'avoir un jour accueilli la mystérieuse Agnès. Souvent les réponses aux premières questions leur apportaient un bref espoir : "Un portrait d'Agnès ? Ça fait bien longtemps qu'on ne l'a pas vue. Attendez. Je dois avoir une photo d'elle quelque part." Mais non. Déceptions. Les albums, les malles, les boîtes de galettes de Saint-Michel ou de Pleyben étaient riches en souvenirs émouvants qui arrachaient des larmes aux cousins oublieux, aux tantes bénévoles, mais il n'y avait rien qui pût satisfaire l'attente des enquêteurs. À croire que quelqu'un avait fait disparaître toute trace du visage de la présumée sirène...

Alors, restaient les photos officielles, identité, permis de conduire. La quête qui s'annonçait dans les méandres de l'administration allait prendre du temps et le temps pressait. De toute façon, c'était dimanche, il fallait attendre le lendemain.

Mais le lendemain, se leva un vent extraordinaire qui véhiculait sournoisement divers germes pathogènes spécialisés, trouvant leur pitance exclusivement au sein d'une fraction particulière de la population : les agents des collectivités territoriales. Il est vrai qu'écrasés sous la pyramide des dispositions réglementaires et épuisés par les manifs qui se succédaient comme gouttes de pluie, les combinaisons d'organes mises à mal des employés susmentionnés constituaient un met de choix pour toutes les biosaletés atmosphériques. Donc l'absentéisme (justifié) régnait en maître dans les mairies et les sous-préfectures de la région. En outre, les rares fonctionnaires encore à leur poste estimaient avoir mieux à faire en cette période de crise qu'à répondre favorablement aux réquisitions de la force publique.

Bref, il fallait attendre le lendemain.

Et en attendant, l'enquête suivait son cours, comme on dit. Elle piétinait, quoi.

Ces heures furent longues.

Puis le jour commença à s'étirer.

Et le soir vint, avec la tempête, précipiter les événements.

2

Lundi 29 octobre

Une dépression centrée sur l'Irlande se creuse en descendant vers la Bretagne : 1015, 1010, 1005 hectopascals. Front froid contre front chaud, masses d'air se cahotant. Au moins 15 °C d'écart. 15 heures 25 : un avis de fort coup de vent est diffusé annonçant pour la soirée un vent de force 8 de secteur nord, temporairement 9 Beaufort avec rafales. 19 h 30 : les vents sont orientés au sud-sud-ouest. 20 heures : le centre de la dépression atteint le littoral. 21 heures : 995 hectopascals au large de la côte nord. 22 heures : l'irruption d'air froid entraîne une bascule rapide des vents qui s'orientent au nord-nord-est. 22 h 30 : 160 km/h au Toulinguet. Les vents rabotent les pointes et s'engouffrent dans les baies en mugissant. 23 heures : le baromètre continue à plonger. 960 hectopascals, presque un record. Sur l'arrière de la dépression, l'appel d'air est intense. 23 h 30 : 952 hectopascals, un record ! 195 km/h à la pointe du Raz. 185 km/h dans la Baie d'Ys. L'air froid, plus rapide que l'air chaud, glisse comme sur des roulements à billes...

20 h 20
Kerrouanez

Bruno venait de reposer sa fourchette en poussant un soupir d'aise. Découvrant qu'une petite mare pourpre frissonnait encore au fond de son verre à pied, il fit goutter les dernières perles du merveilleux nectar bourguignon sur sa langue attendrie. Puis il recula un peu sur sa chaise pour mieux contempler son assiette vide, ce qui lui permit également de se trouver en meilleure posture pour se souvenir du confit qui occupait la place peu de temps auparavant. Il en profita aussi pour s'étirer discrètement. Face à lui, la cuisinière, qui n'attendait pas de compliments oraux, interpréta cette gestuelle comme un remerciement policier. Nolwenn tourna ensuite son regard vers le sourire de Quentin. Celui-ci non plus ne disait mot, mais le baiser qui effleura soudain sa joue la persuada que la recette était bonne. Elle se leva pour desservir. Quelques mots masculins sur la tempête qui débutait. Elle revint. Le silence se fit à nouveau. Les regards avides posés sur les demi-poires au chocolat qu'elle venait d'apporter enclenchèrent l'hydratation des palais et ce fut sur des yeux mi-clos que se termina le repas.

Ils passèrent au salon prendre le café. Un feu vif faisait courir des ombres sur les bouquins. Quentin fit circuler les châtaignes qu'il avait grillées avant le repas. Puis, les doigts noircis et la bouche pleine, il expliqua au policier en quoi consistait exactement son travail de thèse. Nolwenn remuait son café à l'ombre d'un sourire, d'un pare-feu. Arrivé à la seconde tempestite, le paléontologue marqua un temps d'arrêt pour étudier les réactions de son auditeur. Mais il n'y en avait pas. Il raconta alors la troisième tourmente, la plus terrible. Il dit le champ de cadavres laissé par les flots repus, les moignons d'annélide, les fragments de bivalve, les yeux de trilobite arrachés par la fougue d'une nature encore si jeune.

Dehors, le vieux Quaternaire montrait ses chicots : le vent faisait vibrer les ardoises et l'eau giflait les vitres à plus de 100 à l'heure. Et ça, c'était le présent.

– C'est sympa de m'avoir invité, fit Bruno. On est bien chez vous.

L'étudiante protesta :

– Ici, c'est chez lui, pas chez nous. Moi, j'habite à Douarnenez.

– C'est bien quand même.

Le policier alluma le petit cigare que lui avait tendu Quentin. Il eut ensuite la maladresse d'adresser son premier nuage de fumée aux livres qui, dans l'ombre, attendaient la lumière. Ce que voyant, interprétant faussement cette action comme une marque d'intérêt littéraire, Quentin se précipita vers son gros Rabelais du XVIIIe siècle, dont il saisit avec d'infinies précautions et du bout des doigts de la main gauche, le bord des plats du côté de la tranche de tête, et du bout des doigts de la main droite, le bord des plats du côté de la tranche de queue. De retour près du feu, il caressa l'ouvrage vénérable comme un attribut sexuel (en phase préliminaire). En feuilletant les pages singulièrement odorantes, le bibliophile fauché discourut sur l'auteur, sa prose, sa valeur puis sur l'édition qu'il possédait, son âge, sa reliure, sa valeur. Mais Bruno s'en foutait et le fit savoir. Alors Quentin rangea son trésor et revint avec un vieux bouquin de poche tout usé :

– Voilà quelque chose qui ne te laissera pas indifférent, espèce de vieil ours.

– De quoi s'agit-il ?

Il lui tendit l'ouvrage. *Apologie de Socrate* de Platon, lut le béotien.

– T'avais raison, ça ne me laisse pas indifférent, fit-il en lui rendant la chose avec une grimace de dégoût.

– Attends, attends que je t'explique. Je te dis que ça va t'intéresser. Tu sais, j'ai vachement cogité ces derniers jours...

Le scientifique déposa le livre sur la table basse. Après avoir grignoté une châtaigne, il commença ainsi, en désignant le bouquin :

– Il y a là la défense du plus juste des hommes, Socrate, qui devait devenir la victime du plus inique des procès. Connais-tu Anytos, le tanneur, Mélétos, le rimailleur et l'orateur Lycon ? Non, bien sûr. Eh bien, c'étaient trois médiocres vindicatifs, trois accusateurs qui se firent l'écho de toutes les haines sourdes accumulées contre Socrate durant sa longue carrière de philosophe des rues. Paresse intellectuelle triplement incarnée d'une ville à l'esprit aussi étroit que son agora était vaste, Athènes. Anytos fut l'accusateur principal. Ce fut pourtant Mélétos, dont le concours a probablement été acheté par le précédent, qui signa l'acte d'accusation, (Quentin prit le livre et lut :) "*Acte signé par Mélétos, fils de Mélétos du dème de Pitthée, contre Socrate, fils de Sophronisque du dème d'Alopèce. Socrate est coupable du crime de ne pas reconnaître les Dieux de l'État et d'introduire de nouvelles divinités. Il est de plus coupable de corrompre la jeunesse. Peine demandée : la mort.*" (Il reposa le livre.) À son procès, ils lui reprochèrent de s'être comporté en sophiste, c'est-à-dire en beau parleur capable de dire tout et son contraire avec la même éloquence persuasive. Ils en firent à tort un bavard nocif enseignant une nouvelle croyance subversive à ses jeunes disciples.

Quentin se pencha sur son fauteuil pour se rapprocher du policier.

– Et maintenant, Bruno, rappelle-toi Dahut, qui refusa de reconnaître le Dieu officiel de son pays, qui fit de sa ville le sanctuaire des anciennes divinités celtiques. Dans une des versions de la légende, ne l'accusait-on pas de corrompre la jeunesse dans les bacchanales sans fin qui se déroulaient dans son palais ? Et n'aurait-elle pas accueilli dans sa ville le diable lui-même et sa troupe infernale ? Bref, l'acte d'accusation de Socrate aurait pu être rédigé contre Dahut d'une manière presque similaire : "*Moi, Guénolé, fils de Fracan du dème de Landévennec, contre Dahut, fille de Gradlon du dème de Quimper. Dahut est coupable du crime de ne pas reconnaître le seul vrai Dieu reconnu par l'État et d'entretenir le culte des fausses divinités. Elle est de plus coupable de corrompre la jeunesse. Peine demandée pour elle : la mort, et pour sa ville maudite : la destruction.*" Ça donne à réfléchir, n'est-ce pas ?

Bruno s'était vivement emparé du livre. Et pour la première fois de sa vie, il lut Platon. Pendant ce temps, Quentin continuait :

– Socrate avait trois accusateurs, Dahut avait trois ennemis. Il me semble que le lien entre le premier crime et les suivants commence à apparaître, non ? D'autant plus qu'Antoine de Nervèze était professeur de grec spécialiste de l'analyse de la mentalité athénienne à l'époque classique au travers des textes de Platon, Xénophon et Aristophane, les trois principaux auteurs contemporains de Socrate qui ont écrit sur lui.

Cette fois, le policier s'était levé. Il tournait en rond dans le petit salon, s'immobilisa pour parler :

– T'es en train de me dire que Dahut et Socrate, même combat. Ils sont le Bien contre le Mal, la Lumière contre l'Obscurité ou encore l'Intelligence contre les hordes de l'Ignorance, ils sont les victimes de la raison d'état, de l'intégrisme religieux... Tout ce que tu veux. Bon. O.K. Mais dans ce cas, je ne vois pas du tout la raison pour laquelle notre meurtrière, qui se prend pour la réincarnation de la fille de Gradlon, aurait tué Socrate, son alter ego, son autre soi-même à t'en croire...

– La raison est évidente, voyons : elle ne l'a pas tué !

Les échos du vacarme extérieur et le crépitement des bûches. Voilà tout. Le monde se cherchait à travers de dramatiques convulsions. Kerrouanez était en attente des explications de Quentin. Elles vinrent lentement.

– Il y a deux routes parallèles dans cette histoire : le chemin pavé de symboles longe la voie du réel. Deux mondes se côtoient : celui des fantasmes, du mythe, de l'Histoire et celui, concret, où les personnages ont une carte d'identité et des empreintes digitales. Pour chaque crime la procédure et le choix des victimes obéissent à un double mobile : les routes se croisent. Mais cantonnons-nous à l'aspect symbolique, dans un premier temps. Les trois dernières victimes ont été tuées de manière brutale, à chaque fois au moment où le samedi bascule vers le dimanche, jour du Seigneur, etc., je n'y reviens pas. Socrate, par contre, a été assassiné de manière indirecte, par le poison, à une heure différente, un jour différent, un mercredi, je crois. La procédure n'est pas quelconque : elle correspond à la reproduction exacte des circonstances de sa mort réelle, jusqu'à lui faire prononcer les mêmes paroles.

Une voix féminine jaillit tout à coup de l'obscurité :

– Mais enfin, Quentin, c'est Antoine lui-même qui a choisi de jouer la mort de Socrate. Personne ne l'a incité à monter son spectacle.

– Bien sûr, Nolwenn, mais quelqu'un a fait que ce ne soit justement pas un jeu. Ce qui est très fort, c'est que cette personne s'est mise en retrait. Elle n'a fait que parachever le réalisme de la mise en scène. Comme pour montrer à la face du monde d'aujourd'hui le mal qu'on a pu faire à Socrate hier. La même chose que ce qu'on lui a fait à elle, Dahut. Dans son esprit, elle n'a pas tué. Dahut n'a pas tué

Socrate. C'est la cité, la société qui l'a fait. Elle, au contraire, est la justicière qui dénonce le forfait. Celui contre la liberté de penser et de s'exprimer. Vous me suivez ?

Seul le vent répondit.

– Voilà pourquoi tout est si différent entre le premier crime et les suivants. D'abord est reconstituée sur scène la tragédie de Socrate *et* de Dahut : le philosophe a été condamné de manière aussi inique que l'aurait été la princesse d'Ys. Ensuite, une fois montrée l'injustice dont elle s'estime avoir été la victime, il lui reste à punir les trois coupables : Gradlon, Corentin, Guénolé. Il s'agit cette fois d'une vengeance personnelle mais qu'elle accomplit peut-être aussi en mémoire de Socrate et au détriment de ses trois accusateurs.

Ce disant, le scientifique jeta un œil sur le gros nez et les bajoues flasques du philosophe dont le buste débonnaire ornait la couverture du bouquin, tronche goguenarde bien éloignée de l'idéal que les Grecs se faisaient de la beauté d'un visage masculin et qui acquiesçait en silence.

– Mais si maintenant on prend l'autre chemin, continua-t-il, celui du réel contemporain, ce n'est plus du tout la même chose. Je suis persuadé que lorsque l'on parviendra à ôter le masque de Dahut, c'est à un modèle de meurtrière bien plus classique que l'on se trouvera *aussi* confronté, à une femme qui, elle, a bel et bien tué Antoine de Nervèze, et probablement avec un mobile tout ce qu'il y a de plus concret.

Avec une certaine pointe d'inquiétude, il s'en enquit (du mobile) auprès de Bruno :

– Penses-tu qu'Antoine ait pu tremper dans une sale affaire ?

Mais celui-ci ne comprit pas la question. Il essayait à grand peine de maîtriser le carrousel de personnages, d'époques et de villes qui évoluait à grande vitesse dans le manège de son imagination. Il n'y parvint qu'au prix d'une douleur crânienne qu'il tenta ensuite d'atténuer en buvant du café. Une fois les visions équestres et la souffrance noyées dans l'arabica, il alluma une gitane tout en demandant à Quentin de reposer sa question. Puis :

– Une sale affaire ? C'est bien possible, ouais. Mais rien n'est clair pour le moment. Sur le chemin du réel, comme tu dis, l'intello, eh bien, je vois une gonzesse qui a l'air d'avoir un sacré problème de sexe. Elle choisit quelques pauvres glandus au hasard de ses rencontres, puis les trucide après avoir baisé avec eux...

– ...Afin de nettoyer la souillure de l'acte sexuel dans leur sang, pourtant chargé d'humeurs coupables.

C'était Nolwenn qui venait de parler. Bruno l'avait presque oubliée, la loute qui se tenait murée dans l'ombre, un peu à l'écart du foyer. Il en perdit le fil de ses pensées et un nouveau carrousel de tête, cette fois libidinal, se mit en branle : Brigitte, Nolwenn, Corinne, et un tas d'autres inaccessibles pouliches, nues dans les prés, formaient une ronde et...

– Vite, du café... Encore du café, s'il te plaît, Quentin !

Nolwenn voulait le dire depuis si longtemps... Bruno lui faisait peur mais elle ne pouvait plus garder ça pour elle.

– Bruno, j'aimerais vous...

"Qu'est-ce qu'elle me veut encore", pensa l'autre tout à coup affolé.

– ...Dire une chose qui me perturbe depuis déjà un certain temps. C'est probablement sans importance mais... Vous en jugerez...

Elle se tourna vers Quentin qui hocha la tête en signe d'assentiment, puis elle apparut enfin dans la clarté mouvante des flammes.

– Voilà, Bruno. Environ une semaine avant la mort d'Antoine...

Et elle lui raconta en détail son entrevue avec la future première victime de la Goule, comment elle avait été intriguée par son comportement étrange, par l'aveu que Nervèze lui avait fait des ennuis qui le perturbaient et surtout, elle lui révéla que l'helléniste était très inquiet au sujet d'une personne qu'elle, Nolwenn, connaissait...

Bruno bondit de son fauteuil, une fois de plus.

– QUOI ! gueula-t-il. T'aurais pu me parler de tout ça avant, bordel de bordel !

Nolwenn s'était recroquevillée. Toute petite, elle bégaya :

– Je... j'ignore totalement à qui il faisait allusion...

Mais déjà, le policier s'était apaisé :

– O.K. O.K. Calmos ! On va passer en revue tous les gens que tu connais bien. Du calme ! Non. Pas tous. Les femmes uniquement. Mais d'abord, réponds-moi. Agnès Le Meur, ça te dit quelque chose ?

– Non. Rien. Non... Je connais bien une Agnès mais...

– Comment s'appelle-t-elle ? questionna-t-il vivement.

– Agnès Legrand.

– Legrand ? Sa profession ?

– Aide-préparatrice dans la pharmacie de ma rue.

Bruno se rappela soudain que Corinne Le Gall lui avait dit avoir reçu récemment la visite de nombreux pharmaciens à l'herboristerie de la Rue Bleue. Il se souvint aussi d'une certaine boîte d'aspirine porteuse d'une inscription... Il continua :

– Sa bagnole, de quelle couleur ?

– C'est une petite voiture rouge... Une Clio, je crois.

Bruno ne tenait plus en place. Il se précipitait déjà vers son blouson.

– C'est elle ! On la tient. C'est elle ! On fonce. Elle habite où ?

– Tout près de chez moi, Rue Obscure à Douarnenez.

– Quentin, tu m'accompagnes ?

Le jeune scientifique, déjà revenu de sa première surprise, avait peu à peu senti monter en lui la sève de l'excitation. L'ardeur du policier était communicative. Il accepta sans hésiter.

– Je vous suis, déclara Nolwenn.

Quentin allait protester mais le regard que lui darda la fille lui en ôta toute envie.

Ils s'engouffrèrent dans la bagnole de Bruno et embrayèrent vers l'aventure, dans la tempête, en maculant de boue le portail d'entrée du gîte.

3

21 h 15

"Putain ! C'est aussi sombre et étroit que dans la raie du diable ici", s'exclama Bruno. La Rue Obscure, opaque et resserrée, portait effectivement bien son nom. Les mornes murs des hautes maisons qui, par les quelques rares fenêtres à cette heure éclairées, s'épiaient au-dessus des pavés jaunâtres, délimitaient un couloir trop exigu pour autoriser le passage d'une voiture. Le policier avait donc laissé sa BMW sur le quai du Grand Port et c'est à pied que les trois jeunes gens s'étaient engagés dans la noire venelle. Au-dessus de leur tête défilaient bruyamment les masses d'air acheminées par la tempête. Mais la rue étant orientée perpendiculairement à la direction des vents, pas un souffle ne daignait venir leur caresser la peau. Seules quelques gouttes rebondissaient de murs en pavés et de pavés en Nolwenn.

Cette dernière conduisit la petite troupe côté impair jusqu'à la troisième maison plus haut que la pharmacie, échoppe minable du genre de celles que l'on voit dans les Maigret de la télé.

– C'est là qu'elle habite, dit-elle d'une main, et là qu'elle travaille, dit-elle de l'autre. Puis, se retournant pour désigner à l'attention de Bruno, de l'autre côté de la ruelle, une petite lucarne perçant le toit d'une modeste construction d'un étage :

– Ma piaule est presque en face, là-haut.

Ils s'étaient arrêtés devant une porte épaisse boursouflée de cloques vertes, que Bruno poussa. Escalier sombre, tapisserie décollée. Marches grinçantes. Premier étage, deux portes. "À droite", souffla-t-elle. Le policier colla son oreille au battant. Le silence. Il écarta les deux amateurs et frappa. Une fois. Deux fois. Pas de réaction. Il tourna la poignée ovoïdale. Fermé. Le policier sortit alors sa merveilleuse petite trousse de cambrioleur qu'un homme de l'art, un jour tombé entre ses griffes, lui avait cédée en échange d'une vague promesse de témoignage bienveillant. Il libéra l'accès en vingt secondes.

– L'un de vous a-t-il une torche ?

– Non.

Une allumette frottée révéla une lampe accrochée contre le mur près de l'entrée. Bruno s'en empara, l'alluma. Le faisceau lumineux dévoila un intérieur confus. Des papiers, des bouquins, des fringues, pêle-mêle. Tout était sens dessus dessous partout sauf sur un grand bureau, près de la fenêtre, où un semblant d'ordre régnait encore. Sur le mur de droite, il y avait une gigantesque affiche reproduisant le fameux tableau d'Évariste Luminais, *La fuite du roi Gradlon*. On y voyait un vigoureux cavalier à la blanche crinière et à l'arcade infiniment sourcilleuse, cerné par les flots, repousser vigoureusement une jeune fille au teint lactescent, vêtue de pourpre, qui, désespérément, se retenait à sa cape. Bruno se tourna vers Nolwenn :

– T'es déjà venue ici ?

– Non. Tu sais, Agnès, je la connaissais à peine et seulement depuis un an.

– C'est-à-dire ?

La fille était nerveuse. Ne sachant où poser son regard, elle opta pour les yeux du policier, lequel baissa aussitôt le sien.

– Je l'ai rencontrée d'abord à la pharmacie puis, comme nous nous croisions de temps en temps dans notre rue commune, nous avons sympathisé. Deux ou trois fois, nous avons pris un café ensemble en ville.

Bruno visita rapidement la chambre et la salle de bains. Aucun intérêt. Il repris son interrogatoire tout en continuant à fureter dans la pièce principale :

– Et de quoi parliez-vous ?

Elle sourit :

– De moi surtout, quand j'y repense. De mon boulot à l'IRLCD. Je me souviens qu'elle m'a aussi posé des questions sur les autres départements de l'Institut, en particulier sur ceux de l'unité de recherche "Langues disparues". Elle m'a avoué sa passion pour la Grèce antique. Je ne me souviens pas si nous avons parlé de Nervèze, mais c'est bien possible.

Elle scruta par la fenêtre l'obscurité de la rue, en égrenant les dernières perles de son chapelet de souvenirs :

– Il est vrai que je ne sais rien d'elle. Elle m'a simplement dit qu'elle avait passé un an et demi aux États-Unis, sans précision. Quand je l'ai rencontrée, ça ne faisait pas six mois qu'elle était rentrée. Une drôle de fille, sympa comme tout. Parfois, lorsque nous étions ensemble dans un café, elle décrochait brusquement. Pendant un temps plus ou moins long, elle s'isolait du monde dans sa bulle intime... Moi, je respectais ça. Jamais je n'aurais pu m'imaginer que... Ce n'est pas possible, même maintenant je n'y crois pas !

– Pourtant le doute n'est plus permis, s'exclama tout à coup Quentin. Venez voir.

Il avait mis la main sur un exemplaire de l'*Apologie de Socrate*. Texte original, en grec ancien. C'était un vieux bouquin tout râpé et annoté d'une écriture très resserrée, à peine lisible.

– Je l'ai trouvé par terre, derrière le bureau. Il était ouvert à cette page.

Il montra deux passages soulignés en rouge.

– Elle a écrit dans la marge sa traduction des extraits marqués, signala-t-il, et il lut : *La mort est l'une ou l'autre de ces deux choses : ou bien elle est telle que celui qui est mort n'est plus rien et n'a plus de sensation de rien ou bien, comme certains le disent, c'est un changement, comme un déplacement de l'âme d'un lieu vers un autre lieu** [...] *Mais maintenant, il est l'heure de partir, moi vers la mort et vous vers la vie. Qui de nous ira vers le meilleur sort ? Personne ne le sait, sinon Dieu.***

Seul frissonnait le faisceau étroit de la lampe, seule grondait la tourmente, le reste n'étant plus que silence, immobilité, obscurité et... philosophie.

* Apologie 40c.

** Apologie 42a (fin du texte).

Nolwenn se demanda si c'était vers sa mort ou vers celle des autres que la Goule se dirigeait maintenant.

Le policier réactiva la vie :

– Nolwenn, tu veux bien aller dans le couloir, s'il te plaît, afin de guetter l'éventuel retour de l'occupante des lieux ?

Elle acquiesça, se glissa hors de la pièce en laissant la porte entrouverte. Une fois sur le palier, elle actionna la minuterie, puis se cala dans une encoignure et attendit.

Bruno se dirigea vers le grand bureau et ouvrit le tiroir du bas. Il contenait un monceau de crayons et de stylos, des cigarettes (gauloises brunes) et un cahier bondé jusqu'à la gueule de notes manuscrites totalement illisibles : écriture enchevêtrée, lignes horizontales croisant des diagonales, des pages de points d'exclamation, puis de suspension, par groupes de trois, entre parenthèses. Et sur la dernière double page, cette drôle de phrase cette fois lisiblement écrite, en majuscules tellement appuyées que le papier avait cédé en plusieurs endroits :

VIS DANS LA MORT, JE TE REJOINS, MORTE DANS LA VIE, LIBRE DE TUER ! ENSEMBLE, DANS LES FLOTS, IL EST L'HEURE DE PARTIR !

Le tiroir du haut contenait des lettres.

– Nom de Dieu ! s'exclama Bruno. Quentin, viens voir ça !

Le scientifique, qui s'était rendu dans le couloir pour prendre (déjà !) des nouvelles de Nolwenn, se précipita.

– Regarde ça. Des lettres de Nervèze !

Il y en avait une vingtaine, classées chronologiquement. La première était datée du 3 juin :

[...] *Je viens d'apprendre ton retour. Depuis quand es-tu donc en France ? C'est ton père qui m'a dit que tu étais revenue. Il est au plus mal et te réclame. Va le voir, Agnès. Quoi qu'il ait pu te faire, c'est ton père tout de même. Va le voir* [...] *Puis-je passer chez toi ? Il faut qu'on se parle d'urgence. Je ne vis plus depuis que je sais que tu es là, si près de moi et si inaccessible* [...]

10 juin:

[...] *Tu l'as laissé mourir comme un chien, en l'abreuvant de tes insultes à distance. Ton retour avait aggravé son mal, ta haine l'a tué. Je te savais cruelle, l'ayant appris à mes dépens. Mais j'ignorais toutefois que tu l'étais à ce point. Pourtant, je ne te juge pas, Agnès. Je t'aime.*

Suivait une série de lettres où le pauvre helléniste déclarait sa flamme en usant des tournures les plus éculées de la langue française. *Le souvenir de ton visage me hante la nuit et les flèches bleues de tes yeux me font saigner le cœur* [...]. Passons. Le 20 septembre :

[...] *De quoi m'accuses-tu, au juste ? Écris-le-moi puisque tu refuses de me voir. C'est cette soirée, hein ? Il y a si longtemps. Tu étais si petite. C'est ton père qui t'a fait boire, pas moi. Moi-même, j'étais complètement ivre. Tu ne peux pas savoir comme le remords me tor-*

ture depuis. Quand tu t'es donnée à nouveau à moi bien plus tard, j'ai cru que tu m'aimais et que tout ça, c'était oublié. On a le droit de faire une erreur dans sa vie, non ? Et cette erreur, tu me l'as déjà fait payer à grands coups d'humiliations. Ton père aussi a payé. Il faut vivre, maintenant, Agnès. Reviens vers moi ! Je t'en supplie, au nom du ciel. Antoine.

– Quelle veulerie ! s'écria Quentin. Tout est clair maintenant. Une sale affaire d'inceste.

– Et un soir, le père a invité son copain à participer à la fiesta. Pas étonnant qu'elle ait perdu la raison.

Les deux hommes étaient profondément troublés. Surtout Bruno, qui n'aimait pas la confusion : les bourreaux d'un côté, les victimes de l'autre et silence dans les rangs !

– La motivation "non symbolique" des trois derniers crimes apparaît maintenant, continua Quentin. Elle a tué les trois types après avoir baisé à fond avec eux comme on se douche après s'être sali. Je crois que pour pouvoir tuer, elle avait besoin de se sentir souillée.

Bruno rejeta les lettres à leur place sans prendre la peine de lire les dernières. C'était sans importance, maintenant.

Il y avait un document plié en quatre à gauche du bureau, sous un téléphone portable. Le policier déplaça l'objet et étala la feuille. Un plan de Ker-Ys. Un usage intensif l'avait froissé à un point tel qu'il en devenait presque illisible. Il déchiffra tout de même quelques annotations plus ou moins nettes. Certains quartiers de la ville étaient entourés au crayon à bille : la cité Malgven, la Rue Morgane et une partie de la Rue Bleue en rouge, l'église et l'Hôtel de Ville en bleu et la capitainerie du port en noir. Il y avait aussi de petites croix sur la Grande Digue au niveau des bassins. Enfin, des points d'interrogation désignaient la pointe de Ty Marc, celle de Tréfeuntec et le Rocher Salgren, dont la partie nord servait de point d'appui au *Hent-Mor*. Mais surtout la feuille était barrée d'un trait rageur et les mots "*marv-amzer*" et "*diskar-amzer*" étaient inscrits en grand dans la baie.

– Ça veut dire quoi à ton avis, ces gribouillages ?

Quentin se pencha à son tour sur le document. Il l'examina pendant une bonne minute avant de répondre :

– Pas vraiment très clair. À part peut-être les endroits qu'elle a entourés de bleu et qui correspondent à deux lieux hautement symboliques de la ville légendaire : l'église et le palais de Gradlon. *Marv-amzer*, ça veut dire "temps de la mort" et *diskar-amzer*, "temps de la destruction" : ce sont deux mots bretons pour désigner l'automne.

La lampe, posée en hauteur sur une pile de documents, nimbait de jaune la ville bleue. Partout ailleurs dans la pièce, le noir, sauf la lame de lumière en provenance du couloir. Et toujours le hurlement des cieux, dehors.

– Temps de la destruction et temps de la mort... Humm...

Bruno écoutait le cri du temps.

– Ce qu'elle a indiqué en rouge, fit-il, ce sont les lieux où vivaient trois des victimes : Nervèze, Rue Morgane, Yann Le Bihan, cité Malgven et Julien Merrien dans la Rue Bleue.

– Restent la capitainerie, les écluses et les trois points d'ancrage à la côte qui sont signalés de manière différente.

Bruno eut soudain très peur. Cette carte d'Ys chargée de tous ces mystérieux signes lui rappelait la remarque ironique de Jacky, la veille : "Finalement, elle veut peut-être détruire..." Il opta pour l'action immédiate :

– Quentin, est-ce que t'aurais un téléphone portable, par hasard.

– Moi non, mais Nolwenn a le sien je crois.

– O.K.

Il prit celui qui se trouvait sur le bureau.

– Ça marche comment ce truc? Nolwenn, viens un peu par ici. Explique-moi donc le fonctionnement de cet engin du diable.

La fille quitta son poste de guet puis s'exécuta en souriant. Le policier téléphona d'abord au lieutenant Jouhan, pour lui demander de venir d'urgence surveiller le logement d'Agnès Legrand, Rue Obscure. Il appela ensuite Jacky Le Moigne chez lui à Ys et lui expliqua les derniers développements de l'affaire.

– Bon. On va tous à Ys, dit-il à l'adresse de son collègue mais aussi du couple d'étudiants. Je me demande si elle n'est pas là-bas en train de préparer un sale coup. Toi, Jacky, tu prends deux torches et tu me rejoins à la Barbacane. On va visiter tous les lieux qu'elle a marqués sur son plan. Tu t'y rends discrètement et tu te planques près de la statue du père Le Meur... Quoi? Ben, celle de Gradlon, bien sûr! T'es bouché ce soir, mon pauvre Jacky. T'as un portable, non? Tu l'embarques.

Il lui communiqua le numéro de l'appareil de Nolwenn et de celui qu'il venait de saisir dans l'appartement. Le mot "commissaire" prononcé avec une inflexion interrogative se fit entendre à l'autre bout de la ligne... sans fil.

– Laisse ce gros porc près de son auge. Si elle se trouve déjà dans la ville, il n'y a pas une minute à perdre. À tout de suite.

21 h 15

Pointe de Ty Marc, "la maison de Marc"

Le roi Marc aimait son cheval et la chasse. Un jour, il décocha une flèche à une biche qui la renvoya vers son cheval, lequel tomba à la mer et se noya. Furieux, il allait tuer l'animal enchanté mais celui-ci s'était transformé et ce fut une ravissante jeune fille qui lui jeta un sort : désormais le roi Marc, nouveau Midas, porterait la crinière et les oreilles de son cheval. Sur ce, elle plongea dans les flots. Le roi retourna dans son château. Les crins repoussant à une vitesse extraordinaire, il devait tous les jours faire appel à un barbier et à un coiffeur, qu'il égorgeait ensuite pour préserver son secret. Il serrait ses longues oreilles dans un couvre-

chef qu'il gardait en permanence. Puis vint l'homme aux ciseaux magiques qui mit fin pour un temps au supplice ridicule. Mais le secret était trop lourd pour l'homme aux ciseaux magiques. Il le confia à la dune, il murmura au vent : "Ar roue Marc'h en deus divskouarn e varc'h.*" *Pour les noces de la fille de Marc, les sonneurs firent de nouvelles anches avec les roseaux de la côte. Mais les plantes connaissaient le secret que le vent leur avait divulgué et lorsque commença le branle nuptial, les instruments se mirent à chanter :* "Ar roue Marc'h en deus divskouarn e varc'h." *Le roi, honteux, s'enfuit, se jeta à la mer où la sirène l'accueillit.*

La vie avait reflué. Les éléments déchaînés avaient repris possession du monde et n'entendaient pas le partager. C'est pourquoi le vent s'acharnait sur la fine silhouette insolente, seule sur cette pointe pelée dont l'océan croyait s'être rendu maître. Elle s'arc-boutait face à Suroît pour alimenter sa rage de celle de la Nature.

La tornade était folle, elle aussi. Agnès-Ahès ouvrit la bouche pour s'accoupler au vent.

Elle sortit de son coffre une petite remorque à bras dans laquelle elle disposa les globes et l'appareillage connexe, ainsi que trois torches ultra-puissantes et autre menu matériel. Puis la femme commença sa métamorphose. Elle revêtit sa combinaison sous-marine, ajusta une petite bouteille à air

* "Le roi Marc a les oreilles de son cheval."

comprimé et disposa ses lunettes de plongée autour du cou.

La sirène se dirigea ensuite lentement vers la Grande Digue.

4

21 h 55

La voiture peinait pour conserver sa stabilité sur la route menant de Plonévez à Sainte-Anne, bringuebalée qu'elle était par de violentes rafales. Bruno cherchait péniblement des repères le long de la voie invisible.

– Voilà ce que je vous propose, fit-il à l'attention de ses deux passagers. Le Moigne m'attend à la Barbacane. Avant de m'y rendre, je vous lâche à la Pointe de Tréfeuntec avec un téléphone et une arme. Une fois là-bas, vous essayez de trouver un abri et vous patientez, bien peinards, jusqu'à ce que je vous sonne, puis, à mon signal, vous vous engagez sur la digue. Rien ne vous y oblige bien sûr, vous pouvez refuser.

Il ajouta en souriant :

– Vous devriez même refuser !

Durant une fraction de seconde, il détacha son regard d'au delà du pare-brise pour tenter de l'accrocher sur le profil de sa voisine :

– Nolwenn, t'as pas voulu rentrer chez toi tout à l'heure, il n'est pas encore trop tard. Si tu veux, je te débarque avant la pointe à la première bicoque qu'on croise...

– T'inquiète pas pour moi, coupa la fille. J'accompagne Quentin...

Elle se tourna vers la silhouette postée à l'arrière.

– ...Qu'il le veuille ou non.

L'amoureux la remercia d'une caresse.

Le bolide, qui n'en était plus un, errait dans la tourmente en cahotant sur des branches arrachées. Un virage à angle aigu, puis ce fut le village de Tréfeuntec. Des volets claquèrent. Une brouette d'enfant s'envola pour percuter violemment l'aile arrière droite du véhicule. Aucune lumière. Pas trace de vie. Encore quelques centaines de mètres, puis apparut le grand parking désert de la Pointe. Bruno coupa le moteur, se tourna vers un Quentin recroquevillé.

– Vous êtes bien sûrs ?

Le scientifique hocha vigoureusement la tête, autant en signe d'acquiescement que pour chasser les fantômes qui se blottissaient dans le creux de ses pensées.

– Vu la tempête, reprit le policier, il y a peu de chance pour qu'elle se balade du côté de la digue. Soyez tout de même très prudents. Et prenez ça.

Il tendit à Quentin la lampe qu'il avait saisie dans le logement de la Rue Obscure et son arme de service, un Beretta 9 mm, en lui expliquant sommairement le fonctionnement. Il lui serra ensuite le bras, fort, avant de déposer une bise sur la joue de Nolwenn. Les deux étudiants descendirent de voiture.

Le râle sibilant du vent... La pulsation des flots...

S'agrippant l'un à l'autre, pouvant à peine se tenir debout, ils virent repartir le véhicule sans percevoir le bruit du moteur.

Même heure

La mer avait presque atteint sa hauteur maximale. Pourtant les vagues folles qui se cassaient contre la Grande Digue la haussaient encore périodiquement de plusieurs mètres, jusqu'à lui permettre de cracher sa bave mousseuse au-delà du muret protecteur.

Moulée dans sa seconde peau, chargée de sa bouteille à air comprimé, Agnès, qui avait gardé ses tennis, avançait péniblement sur la chaussée, face au vent, en traînant derrière elle sa remorque pleine d'objets extravagants.

Une fois arrivée au niveau de l'écluse du Bassin Guénolé, elle se pencha prudemment par-dessus le muret pour découvrir le demi-cylindre vertical dont le treillis métallique aux très fines perforations abritait le système automatique de blocage des portes. Cette protection permettait l'accès, quelles que fussent les conditions de mer, au dispositif installé dans la gaine verticale à la hauteur moyenne des eaux. Elle prit dans la remorque l'un des globes de feu Nicolas Kerber. Elle adapta les deux câbles qui en sortaient à un appareil étanche de la taille d'une grosse mallette. Puis elle actionna l'interrupteur situé au sommet du globe. Une minuscule lampe témoin lui permit de s'assurer que l'émetteur rayonnant placé à l'intérieur fonctionnait correctement.

Ces opérations ne durèrent pas plus de trois minutes.

Quand tout fut prêt, ayant ajusté ses lunettes de plongée et embouché le tuyau d'arrivée d'air du mini-scaphandre autonome, elle saisit le globe et le dispositif associé, puis descendit le long de l'échelle verticale.

22 h 15

L'irruption d'air froid entraîna une bascule rapide des vents qui s'orientèrent au nord-nord-est.

Bruno hésitait au seuil du *Hent-Mor*. Devait-il rejoindre Ker-Ys en voiture, au risque de donner l'alerte à la Goule pour peu qu'elle traînât de ce côté-ci de la ville ? Il prit son téléphone :

– Jacky, t'es où ?

– À la Barbacane, derrière la statue de Gradlon, comme convenu.

– Bon. J'espère que t'as été discret. T'as rien remarqué ?

– Non. Rien ni personne.

– O.K. J'arrive.

Il engagea sur le *Hent-Mor* sa berline qui fut accueillie par la lagune à coups de gerbes crémeuses. La gigantesque masse noire de la cité reine de la mer s'approchait lentement, comme un immense vaisseau spatial bourré d'ennemis du genre humain. Une navette s'en détacha, la Barbacane, pilotée par un éclaireur policier. Elle contenait un homme ancien et son cheval de pierre.

– Enfin, te voilà, soupira l'extra-terrestre planqué derrière la croupe de Morvarc'h et dont seule la tête ronde apparaissait. Tu fais quoi de ta voiture ?

– Je la laisse là. Tiens, regarde ce que je rapporte.

À l'abri de la Barbacane, Bruno déplia sur son capot le plan trouvé dans l'appartement d'Agnès Legrand.

– Tu vois, Jacky, l'église et l'Hôtel de Ville sont signalés en bleu, la capitainerie du port en noir. Inutile de s'inquiéter des endroits indiqués en rouge : ils correspondent de toute évidence aux lieux où créchaient trois des victimes. Bon. Je te propose de commencer par l'église, c'est le site marqué qui se trouve le plus près d'ici. T'as ton flingue ? Moi, j'ai donné le mien à Quentin.

– QUOI ? T'as abandonné ton arme de service à un...

– T'occupe. Je ne pouvais pas les laisser sans bouclier. T'as bien ton flingue ? Ouais ? Bon. T'inquiète pas pour moi, j'ai encore de quoi me défendre. Allez, file-moi une torche et avance !

Le Moigne n'insista pas. Il se contenta de serrer plus fort la crosse de son pistolet dans la poche droite de son pardessus.

Suroît, épuisé, avait passé le relais à Nordet et son cousin Borée, venus du froid. Le cône de lumière sortant du poing serré de Krafft semblait se gauchir sous l'ardeur de leurs rafales.

Dor-Volz ar Roue, puis Rue de la Ville, enchâssée dans un étroit couloir bordé de hauts murs fouettés et larmoyants. Explosions d'ardoises sur les pavés à quelques pas des policiers. Derrière les fenêtres obscures, des vies silencieuses et entravées. Et la peur aussi, la frousse animale, vieille comme le monde, du monde tourmenté. L'église se nichait à un angle de l'intersection avec la Rue Gradlon. C'était une chaleureuse petite construction du XIe siècle comme on en voit peu dans la région. Construite en granit clair à gros grain, dépourvue d'ornement extérieur, elle avait les lignes sobres et harmonieuses des purs édifices romans. Un bon petit objet dont la mission première était de passer inaperçu en cette ville héritière d'une tradition païenne.

Les deux hommes en firent lentement le tour en éclairant ponctuellement recoins et replis, mais rien, il n'y avait décidément rien d'anormal. Alors, ils entrèrent par une porte latérale, jamais fermée, et ce fut pour le Lorrain comme un éblouissement. La cause de cet état n'était pas à rechercher dans la luminosité de la nef, qui n'était rien moins qu'excessive, mais plutôt dans la somptueuse décoration en couleur du sol, des verrières et des murs, soit, respectivement, un pavement de mosaïque, des vitraux à dominante bleu et jaune, hélas trop rarement illuminés par la lumière du soleil, et des peintures murales sur fond azur. L'une d'entre elles montrait, tout benoîtement, la création du monde par l'Ingénieur suprême. Une autre reproduisait avec de magnifiques coloris l'apparition de Dieu à Abraham. Il y avait aussi deux rangées de chapiteaux sculptés qui racontaient patiemment la légende d'Ys depuis sa construction jusqu'à la chute de Dahut sous la crosse de Guénolé.

Mais rien, il n'y avait décidément rien d'anormal.

– Qu'est-ce qu'on recherche précisément, Bruno ?

– Si je le savais... Des graffitis ? Des déprédations ? Une bombe ? Un cadavre ?

Ils fouillèrent encore et partout. Mais rien, il n'y avait décidément rien d'anormal. Alors, Bruno renonça :

– On perd notre temps. Elle n'est pas venue ici.

Il s'accorda un instant de réflexion avant de poursuivre :

– Bon. On va se séparer. Je rejoins la digue par la Pointe de Ty Marc. Toi, tu continues vers l'Hôtel de Ville. T'y jetteras un œil à tout hasard, mais je pense que tu ne trouveras rien. Elle doit être du côté des bassins et si c'est le cas, on va la prendre entre trois feux.

– Mais alors, les zones cerclées de bleu sur sa carte, à quoi correspondent-elles ? (Jacky frotta ses deux mentons qu'il avait merveilleusement glabres, même à cette heure tardive.) Peut-être qu'il s'agit de cibles dont elle n'a pas eu le temps de s'occuper, tout simplement...

– Oui, c'est sans doute ça. Au départ, elle a probablement eu l'intention de souiller ou de détruire les sites qu'elle avait marqués, mais, en sentant sur le cou le souffle des chasseurs, elle a dû préférer aller tout de suite à l'essentiel.

– L'essentiel ? Qui serait, selon toi ?

Les prunelles de Bruno étaient en feu.

– J'ai ma petite idée... Peut-être la même que la tienne, non ?

Sans doute, oui. Mais aucun des deux lieutenants n'osait l'exprimer à voix haute. Jacky avait encore une (vaine) protestation à émettre :

– Tu ne vas tout de même pas aller là-bas sans arme ?

Son compère esquissa une moue sardonique en sortant de sa poche un fin couteau de lancer.

– J'excelle à ce sport, mon gars. Je lance les couteaux comme toi, tu prodigues des conseils de grand-mère et je peux t'assurer que l'efficacité de mes dards est bien plus grande que celle de tes avis.

Il rangea le surin équilibré et saisit son portable.

– Une fois arrivé à l'Hôtel de Ville, tu attends que je te contacte pour que nous puissions coordonner au mieux nos mouvements. J'appelle l'autre équipe. (Il composa un numéro sur le cadran lumineux.) Quentin ? Vous pouvez commencer à avancer sur la ligne, mais allez-y lentement et garde ton arme à la main. Moi, je vais à l'autre pointe. À la moindre alerte, vous me prévenez. Aucune initiative sans que j'en sois préalablement averti. Ne vous approchez pas trop des bassins, attendez mon signal, O.K ?

Une voix née de l'angoisse et de l'excitation, deux kilomètres plus au sud, se fraya un chemin dans l'ouragan au mépris des bourrasques boréales pour exprimer son accord à l'oreille du policier. Ce dernier rangea son appareil puis se dirigea vers la sortie de l'église. Son collègue le suivit, non sans jeter un ultime regard vers le plus beau des chapiteaux, celui qui exposait au premier plan une immense vague, derrière, un sein, un bras et une tête de femme et enfin, tout au fond de la pierre, un pan de mur ruiniforme.

Une fois dehors, ils se séparèrent.

Déjà deux globes de posés. Agnès traîna sa remorque jusqu'au bassin suivant, celui qui portait le nom de Gradlon, puis s'apprêta à s'immerger pour la troisième fois. Elle dit :

– Père, s'il te plaît, cette fois, ne m'abandonne pas !

Et elle descendit par l'échelle, à l'abri du fourreau perforé, filtrant la fureur des eaux. Sa progression sous-marine s'interrompit dès que le faisceau de sa lampe lui eut dévoilé une trappe dans la gaine verticale plaquée contre la digue. Elle força le système de fermeture rudimentaire, tira vers elle la petite porte métallique. Derrière se trouvaient côte à côte le capteur à infrarouge et l'hygromètre, deux petits appareils dont la taille n'excédait pas les dix centimètres. Elle les recouvrit du globe qu'elle maintint d'une main. De l'autre, elle pressa un bouton situé sur le dessus du coffret étanche relié à la cloche par deux câbles et qui enfermait à la fois une pompe à eau et un injecteur d'air. Aussitôt, un transvasement se fit derrière la paroi vitreuse, l'eau étant remplacée par de l'air à basse pression. Le vide partiel créé à l'intérieur du globe eut pour conséquence de fixer ce dernier au support vertical par un effet de ventouse, l'adhérence étant facilitée par une bordure circulaire en caoutchouc. Une fois l'opération achevée, elle désolidarisa les deux câbles de l'ampoule de verre, actionna l'interrupteur situé à son sommet puis remonta lentement vers la surface.

Il était 22 h 42.

Quentin ne comprenait décidément rien à la science éolienne. Moins d'une heure plus tôt, le vent venait du sud, tandis qu'à présent, il semblait vouloir les empêcher d'avancer vers le nord. Et tout était bon pour ça ! Il trouvait même des feuilles mortes à leur balancer dans la tronche. Des feuilles mortes, ici, en pleine baie ! Une rafale plein nord, une autre en provenance du nord-est : le vent s'associait au vent. La mer s'associait au vent et lui prêtait des gerbes enneigées qui devenaient claques sur la pierre puis pluie d'écume sur Nolwenn.

Quentin ne s'était jamais enfoncé à l'intérieur d'une tempête de cette manière. Sur une lame de pierre, il pénétrait un monde minéral vivant, mouvant, hurlant et qui peut-être, aussi, laisserait à jamais une trace de mort quelque part. Une tempestite nourrie de feuilles mortes, de coquillages, du corps de Sylvie, qu'il imaginait quelque part dans cette baie, démembré par la chute d'un rocher ou par l'effondrement d'une ville.

Mais pourquoi voyait-il sa sœur sur l'écran de mer à chaque fois qu'il passait sur cette maudite digue ?

Elle l'avait tant aimée, cette baie... Quelque soir d'été rendu sublime par l'éloignement temporel, sa sœur et lui avaient attendu, à Tréfeuntec, le coucher du soleil sur la baie d'Ys. Ils s'étaient tenus par la main, assis sur un même caillou, leurs parents adossés à la voiture derrière eux...

Une vague plus vicieuse que les autres vagues gifla Nolwenn, ce qui lui fit pousser un petit cri de surprise. Quentin se retourna. Elle frémissait, Nolwenn. Elle était là.

22 h 45

Bruno avait garé son véhicule bien avant l'entrée du parking de la Pointe de Ty Marc. Ce fut donc le faisceau de sa torche qui découvrit la Clio rouge. Le policier lui perça les quatre pneus avant de s'élancer sur la digue, porté par le vent. Tout en marchant, il téléphona à ses alliés pour les prévenir de sa découverte. Il convinrent de s'approcher des bassins sans précipitation puis d'aviser sur place en fonction de la situation.

23 h 00
IRLCD, Bâtiment central

Devant son ordinateur et sa tasse vide, Olivier Barbouquet grognait. Ça faisait quatre heures d'affilée qu'il essayait tant bien que mal de boucler l'article qu'il avait sur le feu depuis déjà trois mois. Un mal de tête commençait à poindre. En désespoir de cause, il frappa à deux doigts un bout de phrase minable qu'il se promit d'améliorer plus tard : "*...the third sandstone level being more heterogeneous and richer in trilobite tracks.*" L'universitaire fit sonner le point final au risque de bousiller son clavier, puis il s'étira en bâillant sur son fauteuil à roulettes, qu'il anima d'une triple rotation. Il resta ensuite vautré un long moment à amalgamer dans sa tête un reste de science et beaucoup d'enveloppes vides de pensée. La position adoptée par le géant favorisa une décantation progressive de son cloaque cérébral, ce qui permit à deux mots de surnager : clope, café. Debout d'un bond, il se rua soudain vers le bureau de Quentin qu'il ouvrit fébrilement. Lumière. Ouf, elle était bien là ! Il s'élança vers la boîte de cigarillos que son étudiant avait abandonnée sur le bureau, sans doute à son intention. "Un brave gars, ce Quentin !" Restait le problème de la caféine. Un café chaud ! Tout de suite ! Barbouquet se précipita dans l'escalier, sortit du bâtiment, pénétra dans celui des "Villes disparues", l'écrin du seul distributeur de boissons chaudes de l'IRLCD. Merde ! pas de monnaie. Il refit le circuit à l'envers, encore plus vite, fougea dans la poche de sa veste où stagnait le prix de son angoisse. En sueur il repartit, trempé il arriva. Il inséra en tremblant l'écu dans la fente magique. Un bruit caractéristique. Un soupir de soulagement. Il avait son café.

Muni de ses deux accessoires fumants, il s'assit sur les marches du bâtiment méridional d'où il contempla sereinement la mise en place du maelström beuglant dans lequel allait peut-être s'abîmer son monde.

5

23 h 05

Quentin Le Louarn et Nolwenn Kerné se trouvaient sur la digue à une cinquantaine de mètres de la bordure sud du Bassin Dahut, Bruno Krafft, tout près de sa limite nord, et Jacky Le Moigne, devant la cafétéria de l'IRLCD : les alliés s'étaient rapprochés du point névralgique le plus discrètement possible. Une clarté diffuse en provenance d'on ne sait où leur permettait de discerner des fragments du rectangle humide portant le nom de l'ennemie d'hier et d'aujourd'hui, Dahut-Ahès... Agnès émergea soudain près de l'écluse, ombre fluide. Bruno la vit, Quentin l'aperçut, Nolwenn la devina, Jacky était trop loin. Elle déposa ses accessoires de sirène devenus inutiles, enfila ses chaussures puis s'appuya contre le muret pour reprendre des forces, certainement, mais aussi peut-être pour savourer cet instant où elle recouvrait enfin la maîtrise de sa ville.

Bruno prit le téléphone :

– Jacky, elle est près de l'écluse.

– Je ne la vois pas, c'est trop loin.

– Écoute. Je suis à découvert, impossible de la surprendre. Je vais donc m'avancer ouvertement pour lui bloquer l'accès. Elle n'a que deux options : soit elle file vers Tréfeuntec et tombe dans les bras de Quentin, soit elle bifurque vers la ville et dans ce cas, c'est à toi de jouer. Cette dernière possibilité me paraît de loin la plus vraisemblable : je te vois devenir le héros de cette histoire, mon grand. Tâche de faire en sorte de pouvoir en profiter autrement qu'à titre posthume...

– Et si elle est armée ? T'as pas de flingue, Bruno !

– Je ne pense pas qu'elle le soit. De toute façon, on n'a pas le choix. Si c'est toi qui pousses ou Quentin et qu'elle se pointe vers moi qui n'ai qu'un malheureux couteau pour me défendre, ce sera encore pire. T'inquiète. Je ne lui laisserai pas le temps de se poser des questions : dès qu'elle me verra, elle se cassera. Si elle se dirige vers toi, je te sonne. Et ne perds pas de temps à répondre, tu sauras ce que ça veut dire. Allez, je compte sur toi.

Il contacta ensuite Quentin pour lui dire de ne pas bouger pour le moment mais de crier très fort et d'agiter les bras s'il la voyait se diriger vers eux, cela afin de couper son élan. Il lui ordonna aussi de tirer sans la moindre hésitation si elle continuait.

Voilà. L'instant était arrivé. Celui qui fait basculer les vies, parfois les cités.

Bruno était tellement concentré sur son objectif que, insensible au fracas de la tempête, il percevait pourtant le son ténu résultant du moindre des mouvements de l'ombre maudite. Il devint nyctalope, discernant et interprétant tous les gestes de la fille. Par exemple, cette inflexion du torse par-dessus le muret, il la traduisit comme un dernier mouvement vers la mer, pour entendre ses ultimes recommandations.

Soudain, il fonça en criant. Elle resta figée une fraction de seconde, yeux écartelés, braqués sur lui, puis elle s'arracha. Arrivée à l'intersection critique, elle prit vers la ville sans la moindre hésitation. Bruno composa le numéro de son collègue en poussant un soupir de soulagement.

Au signal de son portable, Jacky se précipita le long du quai, le pistolet à la main. Mais il était encore loin de la bordure sud du bassin, d'où devait jaillir Dahut. Il accéléra, il ne fallait surtout pas qu'elle lui passât sous le nez. De sa vie, jamais il n'avait couru aussi vite. Le vent était pour lui. Ses chairs tressautaient, ses bajoues ballottaient. Il galopait tout près des mâts jerkant sur les eaux tourmentées. Tout à coup, il aperçut une fine silhouette qui cavalait sur la voie perpendiculaire. Elle ne l'avait pas encore vu. C'était tout bon. Un dernier coup d'accélérateur. Le coup de trop. Un câble. Il s'y prit la patte et s'écrasa sur le quai en imitant le bruit si caractéristique de l'hippopotame dérapant sur un lac gelé. Il dut lâcher son flingue qui sauta dans le bassin en reproduisant à la perfection le son si particulier de la sterne se jetant dans la mer à la poursuite d'un reflet mordoré.

Agnès ralentit sa course le temps de jauger la situation puis elle repartit de plus belle vers la Rue du Bateau Mort. Mais Bruno était à ses basques. Jacky lui cria de continuer sans s'occuper de lui. Ce qu'il fit. Elle détalait incroyablement vite mais le policier parvenait tout de même à maintenir le contact visuel. Tout juste. Sa poitrine le faisait souffrir. La silhouette infernale tourna à gauche au premier croisement. Bruno eut l'impression qu'elle voulait effectuer une boucle pour retourner vers les bassins. Il soufflait comme un cétacé. Arrivée Rue du Roi Marc, elle fila plein ouest. Il ne s'était pas trompé : Agnès Legrand allait droit vers le labyrinthe de l'Institut.

L'avantage avec les cigarillos, c'est que quand tu ne tires pas dessus, ils s'éteignent. Barbouquet avait rallumé le sien cinq fois, pas le moins du monde pressé de le voir consumé. Il avait également pris son temps pour siroter le précieux nectar caféiné. Mais maintenant que seuls un mégot court et froid, une tasse en plastique vide et, bien sûr, la tempête et son effarant cortège lui tenaient compagnie, il souhaita retrouver au plus vite la chaleur de son article. Ce fut au moment où il s'apprêtait à monter l'escalier menant à l'entrée du bâtiment central qu'il entendit le bruit de la cavalcade, suivi d'un cri : "Arrêtez-la ! Arrêtez-la !" et aussitôt, il la vit.

Elle était belle.

Agnès eut un court instant d'hésitation en découvrant le géant barbu dressé sur son chemin. Le flic arrivait en hurlant : "Saisissez-vous d'elle, bon sang !" La phrase eut pour effet de faire sortir le grand obstacle de sa stupeur. Il s'élança vers elle. Mal lui en prit. La fille, qui avait déjà bifurqué vers la gauche, se retourna pour lui flanquer un énorme coup de pied dans le ventre. Barbouquet s'effondra en gémissant. Elle pénétra dans le bâtiment "Villes disparues".

Bruno n'en pouvait plus. Il s'arrêta auprès de l'homme à terre et usa l'un de ses derniers souffles pour s'enquérir de son état :

– Ça va aller ?

La victime hocha la tête. Elle en avait vu d'autres.

Un nouveau bruit de pas les fit se retourner, mais ce n'était que le lieutenant Le Moigne qui les rejoignait en traînant la patte, penaud et sans arme. Il était passé par le quai.

Les trois hommes se concertèrent rapidement.

– Dites-moi, demanda Bruno à l'universitaire, les portes devraient être fermées à cette heure, non ?

– En théorie, oui, mais dans les faits...

Il montra d'un geste circulaire tous les rectangles lumineux qui perçaient les murs : il y en avait de cinq à dix par bâtiment.

– Comme beaucoup de monde travaille ici le soir, les portes principales restent parfois ouvertes une bonne partie de la nuit.

– Ce qui veut dire qu'elle peut ressortir par l'issue qui se trouve du côté des bassins ?

– Euh, oui. Sans doute.

– Bon. Toi, Jacky, tu y vas. Vous, Barbouquet, vous vous planquez à l'entrée du bâtiment central et vous ne perdez pas de vue la porte qu'elle vient de franchir. Si elle ressort, vous ne tentez rien. Vous prévenez simplement mon collègue. Moi, j'entre.

Ils s'étaient déjà séparés lorsque Bruno rappela Jacky pour lui grommeler, la rage au ventre :

– Utilise ton portable pour joindre Fabian. Il nous faut du renfort.

Pendant ce temps Quentin et Nolwenn s'étaient rendus à l'écluse du bassin méridional, tout près de l'endroit d'où ils avaient vu sortir des flots l'ombre noire. Dans la remorque, ils découvrirent un poignard, des torches, une clef argentée, une mallette, un scaphandre... Le paléontologue était perplexe :

– Mais qu'est-ce qu'elle était en train de trafiquer par ici ?

Nolwenn frémissait. Le froid ?

– Elle a peut-être déposé une bombe, suggéra-t-elle.

– Une bombe ?

Quentin se pencha au-dessus de la surface mobile des eaux ténébreuses où s'ouvrait parfois une gueule monstrueuse qui l'invitait d'une voix envoûtante : “Viens... Viens...”

– Si on veut en savoir plus, on n'a pas vraiment le choix, conclut-il. Faut aller y voir.

Un immense corridor central, des portes ouvertes, certaines pièces éclairées, d'autres pas. Et personne nulle part. Bruno ne savait où aller. Il avança lentement à l'affût du moindre bruit.

Encore Babylone, Ninive, puis Pompéi, puis Lexobie, Herbodilla... En cette nuit des temps où tout était prémices de destruction, irait-il jusqu'à Ys la Basse, tout au bout du bâtiment, tout au bout du châtiment ?

Bruno avait choisi l'étage, ce fut son erreur. Il ne le comprit que plus tard, lorsque Barbouquet lui eut raconté comment elle avait tout à coup surgi devant lui et s'était engouffrée dans l'immeuble d'en face, celui consacré aux langues mortes.

Dix minutes plus tard, après s'être assurée que personne ne pouvait la voir, l'ombre néfaste jaillit par l'autre sortie de l'édifice nord, celle qui menait au quai, puis elle se précipita sur la chaussée commune aux Bassins Dahut et Gradlon.

Le gros temps continuait à fouailler l'océan et à tourmenter les hommes qui avaient tout à perdre à la surface de la Terre. Des toits arrachés, des bateaux éventrés, des voitures renversées, voilà les manchettes qui s'annonçaient pour les jours à venir.

À moins que... À moins qu'elle ne fît encore mieux que les cieux coléreux ?

Dessapé, muni de la bouteille à air comprimé, d'une torche et de lunettes, Quentin avait plongé. Il s'étonnait comme les eaux étaient calmes à l'intérieur du demi-cylindre. Il se sentait simplement bercé par la masse indécise des flots, ce qui ne gênait en rien sa descente le long de l'échelle. Quentin était dans l'œil du cyclone, là où tout s'apaisait... pour un temps. Barreau après barreau, guidé par le bâton lumineux de la lampe, il s'enfonçait. Soudain, il vit la monstrueuse tique incrustée dans la petite ouverture de la gaine qui protégeait le système de sécurité de l'écluse. Il toucha. Du verre. Il prit l'objet à deux mains et tenta de l'enlever, sans trop de conviction toutefois. Que devait-il faire ? Le casser ? “Mais s'il y a une bombe à l'intérieur, se dit-il, tout geste inconsidéré pourrait déclencher une explosion..." Il examina de plus près l'étrange pustule. Non. Ce n'était pas un explosif. Il s'agissait plus vraisemblablement d'un mécanisme d'annihilation du dispositif de blocage des portes. Nom de nom ! Que faire ? Détruire la cloche de verre ? Quentin hésitait. Pourtant s'il ne faisait rien... Qui sait s'ils avaient réussi à saisir la Goule, là-haut ? Et si ce n'était pas le cas ? Baste ! Il fallait savoir prendre ses responsabilités quant le sort d'une cité dépendait d'un geste ! Un geste vigoureux, si possible ! Hélas, vigoureux, il ne le fut pas, le geste : l'homme immergé cogna en vain sur l'abcès, du poing, puis de la lampe, mais la solidité étonnante du globe couplée à la résistance de l'eau qui réduisait la puissance du bras eut raison de ses premiers efforts. Pourtant il continua et frappa de toutes ses forces sous-marines. Jusqu'à faire péter... la torche. Et ce fut le noir complet. Le noir dans l'âme, notre héros, vaincu par la force des choses, se résigna à remonter. Et ce fut très long. Puis il perça la surface, perçut à nouveau le bruit du Grand Tout en voie de résorption, et ce fut alors très rapide : son embout craché, il criait déjà sa première parole : "Nolw..." qu'il ne put achever, interrompu par une déflagration, et il eut aussitôt très mal, une douleur atroce sur le côté. En posant la main sur l'endroit meurtri de son corps, il devina le sang qui le quittait pour la réchauffer.

Il bascula.

6

Cinq minutes plus tôt...

Quelle ne fut pas la surprise d'Agnès en découvrant une silhouette penchée par-dessus le muret, tout près de l'endroit où elle avait laissé ses affaires, une apparence de femme qui promenait le faisceau de sa torche sur le demi-cercle d'échantillon de mer apaisée ! Mais qu'à cela ne tienne ! Si elle voulait mener à bien son grand projet, il lui fallait à tout prix récupérer la...* et aucun obstacle, sinon la mort, ne saurait l'arrêter.

Elle s'approcha donc de la remorque et saisit une lampe, qu'elle n'alluma pas tout de suite. La forme humaine harmonieusement galbée au-dessus des flots ne se rendit compte de rien : sa concentration, sa vie étaient suspendues, au point de ne pas remarquer l'ombre fatale qui, ayant fait saillir ses serres juste au-dessus de sa tête, les rapprochait maintenant graduellement de son cou gracile...

Soudain Agnès remisa ses mains : elle venait de reconnaître la propriétaire de cette odorante chevelure spiralée. Nolwenn ! La douce et inoffensive Nolwenn, sa voisine de la Rue Obscure ! Mais que faisait-elle donc là ? Reculant sous le coup de la surprise, elle posa le pied sur un objet dur. Elle se baissa et s'en saisit au moment précis où l'archéologue se

* Excuse-moi, lecteur, mais je vais attendre encore un peu avant de te dire ce qu'Agnès vint chercher en ces lieux tourmentés. À ton avis ?

retournait. Cette dernière poussa un bref cri rauque en découvrant les yeux fous de la Goule si près des siens. Elle lâcha sa torche, qui se brisa en tombant, et appuya ses mains sur son visage épouvanté.

– Bonsoir Nolwenn, fit Agnès en lui braquant sa lampe dans les yeux. Tu as perdu quelque chose dans la mer ? Tu veux que je t'aide à...

– NON !

L'amante n'avait pu retenir ce cri. Face à elle, un sourire carnassier s'étirait insensiblement sous des yeux bleu acier, comme le canon froid de l'arme qui maintenant approchait son front glacé.

– Il y a quelqu'un là-dessous, c'est ça ? Ton ami, peut-être ? Ton cher ami ? Tu m'as dit son nom un jour. C'est comment déjà ? Humm... Quentin ? Oui, n'est-ce pas ? Quentin...

Puis le visage de la Goule redevint subitement grave, en prélude à un brusque changement de ton :

– Pousse-toi, je te relaie.

Elle lui flanqua un violent coup d'épaule qui la fit trébucher.

– Agnès, je t'en supplie, pleurait Nolwenn, laisse-le !

Ahès ne répondit pas. Tout en tenant le flingue braqué sur l'étudiante, elle baladait son balai lumineux à la surface de l'eau où explosaient des bulles d'air. Soudain, elle perçut une vibration, puis la croûte liquide se rida, se craquela et enfin se déchira pour laisser le passage à la tête de Quentin, lequel cracha son embout pour s'écrier : “Nolw...”.

Elle tira.

– QUENTIN !

L'étudiante s'était relevée précipitamment. Elle voulut se jeter à l'eau, mais l'autre la repoussa sans ménagement et à nouveau braqua le pistolet dans sa direction.

– Allons, je n'ai pas de temps à perdre. Tu vas venir avec moi, tu peux m'être utile.

– Mais enfin, on ne peut pas le laisser là comme ça, gémit-elle.

Agnès lança un œil et un jet de lumière par-dessus le mur. Quentin gisait inerte dans sa prison métallique. Son bras droit était coincé entre deux barreaux, son bras gauche flottait entre deux eaux veinées de rouge, sa tête reposait contre le mur.

– Ne t'inquiète pas, la belle. Ou bien il est mort et il n'y a plus rien à faire, ou bien il est vivant et il va bientôt mourir. Il n'y a pas de problème.

Elle pressa le canon sur le sein de Nolwenn.

– Maintenant tu avances sans faire d'histoires si tu ne veux pas souffrir... beaucoup souffrir et pas seulement du cœur.

Elle lui indiqua la direction du nord.

L'étudiante se retourna et commença à avancer, la tête basse. En passant près de la remorque, l'ombre funeste se pencha pour saisir le petit objet qu'elle était revenue chercher : *la clef d'argent.*

Ralentir. La faire parler. Surmonter son atroce douleur pour la faire parler...

– Qu'as-tu installé sous les eaux ? demanda l'archéologue.

Agnès ricana.

– Un truc génial, Nolwenn, purement génial. Tu connais le principe du blocage des écluses ?

L'étudiante ralentissait imperceptiblement sa progression le long de la digue. Elle voulait gagner du temps pour permettre à Bruno d'intervenir. Mais où était-il, bon Dieu ?

– Pas vraiment, répondit-elle.

– C'est très simple : un rayonnement infrarouge est émis en continu depuis un émetteur placé en haut de la gaine verticale. Quand le capteur situé au niveau moyen des eaux est submergé, il ne le reçoit plus, ce qui fait que les portes ne peuvent plus s'ouvrir. Il y a en plus un hygromètre qui émet un signal de blocage à saturation. Eh bien, voilà ce que j'ai fait, moi : j'ai installé sur les capteurs de rayonnement et d'humidité de chaque écluse un globe opaque, empli d'air, qui contient un émetteur de même nature que celui qui existe en haut de la gaine.

Nolwenn ralentissait encore. Elle avait peur de comprendre.

– Tu veux dire...

– Simplement ceci : en ce moment, dans les globes installés au niveau des quatre écluses, un rayonnement infrarouge est émis en continu et le degré d'humidité est plus bas que celui de l'air ambiant. En d'autres termes, j'ai fait en sorte que les conditions de marée basse soient artificiellement reconstituées à proximité de chaque couple de capteurs. Il est donc possible à présent d'ouvrir les écluses, et c'est ce que je vais faire avec ça !

Agnès éclairait d'une main l'objet qu'elle tendait de l'autre.

– C'est un double de la clef de la porte blindée de la capitainerie, là où se trouve la commande d'ouverture des vannes. Et ne me demande pas comment j'ai pu me procurer l'original...

Ses yeux brillaient d'un éclat sauvage.

– ...J'ai des talents que tu ne soupçonnes même pas, Nolwenn.

Les deux femmes s'étaient arrêtées. Elles se trouvaient à l'intersection de la Grande Digue et de la chaussée séparant Gradlon de Corentin.

– Tu es complètement folle, Agnès.

La fille sourit tristement, presque humainement.

– T'as peut-être raison. Oui, sans doute...

Puis, étonnée :

– Folle ? Ça veut dire quoi, folle ? Tu sais ce qu'ils m'ont fait ? Peut-être que tu serais folle, toi aussi, si tu avais subi la même chose ?

Elle baissa l'arme et la tête :

– Il s'étaient revêtus d'oripeaux sacerdotaux... Ils m'avaient fait boire... Je n'étais qu'une enfant... Ils ont violé ma ville aussi. Regarde-la !

Elle tendit un bras vengeur vers la cité noire, en attente de son jugement.

– Mon père me l'avait donnée. Elle est à moi, RIEN QU'À MOI ! Je veux la nettoyer, la récurer pour qu'elle me revienne aussi pure et fraîche que j'ai pu l'être moi-même, un jour.

Elle se redressait, ses traits se durcissaient à nouveau, ses yeux retrouvaient leur tranchant.

– Assez perdu de temps. Avance !

Dans les couloirs du "Centre d'Étude des Lettres Grecques et Latines", deux hommes cherchaient l'ombre mauvaise, sans conviction. Ils rencontrèrent Goalvoueden qui y promenait sa face hâve.

– Goal ! lança Bruno. Encore ici à cette heure ?

– Lieutenant ! Que...

– Silence ! On cherche une femme. Avez-vous vu quelqu'un, entendu quelque chose ?

– Non, dit-il en entrant dans le bureau de Brigitte Brigaud. Rien vu...

– ...Rien entendu, termina le policier. Ouais, c'est comme d'habitude.

Le lieutenant Krafft le suivit dans la pièce qu'il venait d'illuminer et où voletaient encore quelques rares molécules portant odeur de femme. L'écran économisé d'un ordinateur affichait l'image 3D d'un mâle nu et musclé qui pivotait sur un axe vertical. Quand il était face à l'utilisateur (-trice), le bellâtre masquait son sexe des deux mains, qu'il levait à chaque fois qu'il se tournait vers la machine. Et cela *ad vitam aeternam*.

Goualvoueden s'était haussé sur la pointe des pieds pour atteindre une rangée de bouquins où il farfouillait avec une étrange application. Bruno se demanda en se dirigeant vers la fenêtre si c'était réellement pour prendre un livre que l'helléniste était entré dans cette pièce.

Jacky Le Moigne s'approcha de son compère.

– On fait quoi, maintenant ? s'enquit-il.

La tension était retombée et, comme tout mécanisme sophistiqué en rupture d'alimentation, les organismes policiers avaient du mal à maintenir leurs fonctions vitales en éveil.

– Je ne sais pas. Elle n'est sûrement plus dans ce bâtiment et je n'ai pas la moindre idée de l'endroit où elle pourrait se trouver.

– Peut-être qu'elle est repartie vers sa voiture ?

– Peut-être, répéta Bruno. Si c'est le cas, elle n'ira pas bien loin : ses quatre pneus sont à plat. T'as réussi à joindre Fabian ?

– Oui. Il arrive avec des renforts de gendarmerie.

Il conclut en s'appuyant contre le rebord de la fenêtre :

– Je crois qu'on n'a plus qu'à l'attendre.

Les deux lieutenants de police contemplaient la nuit d'Ys derrière la vitre.

Il faisait si sombre, dehors ! Seul l'éclairage des quais dispensait une faible lumière, à peine capable de faire sortir de l'ombre les limites des bassins centraux. Les eaux emprisonnées s'agitaient nerveusement, comme si elles pressentaient que l'heure du châtiment était proche...

Tout à coup, Bruno aperçut un éclat fugace et lointain, quelque chose comme une lueur intermittente qui progressait...

– Goal ! cria-t-il, éteignez !

Pas de doute. Un porteur de lampe se déplaçait sur la chaussée entre les bassins Gradlon et Corentin. Les vannes de la glande médullo-surrénale des deux policiers s'ouvrirent soudain en grand pour libérer dans leur sang des flots d'adrénaline, ce qui eut pour conséquence de les précipiter dans le couloir, sous les protestations de Goalvoueden.

Pourtant, celui-ci n'était pas si mécontent de se retrouver enfin seul. Laissant la pièce dans l'obscurité, il alla s'installer devant l'écran de veille de l'ordinateur de Brigitte...

La tempête de Nordet rabattait le ciel vers la mer et haussait les flots jusqu'aux montagnes de nuage. Tout éclatait à la fois : du ciel, les éclairs, de la terre, les rocs, des forêts, les fûts gigantesques et des profondeurs de l'océan, les gerbes furibondes. Des chaos de toits arrachés, de murs renversés et d'arbres déracinés s'amoncelaient entre villes et villages frissonnants. Les dieux de tous les Olympes mêlés se tenaient par la main pour ne pas tomber. L'ouragan labourait la mer de son gigantesque soc qui, au bout de chaque sillon tracé, cognait les barrières de pierre de la Terre et de la Ville et repartait à l'autre bout du champ liquide pour revenir et revenir encore. Le vent et la mer étaient si étroitement unis en cette nuit paroxysmique qu'ils ne formaient plus qu'une haute vague, une vague qui attendait qu'on lui montrât le chemin de l'enfer.

Les trois Gorgones ailées avaient la tête hérissée de serpents et les yeux pétrifiants. Deux d'entre elles étaient immortelles, Méduse ne l'était pas. Elle s'était unie à Poséidon, le dieu des océans. Il fallut au courageux Persée l'épée magique d'Hermès et beaucoup de chance pour détruire le monstre. Du sang de la Gorgone Méduse naquit un cheval ailé, Pégase...

La rencontre entre Persée et Méduse eut lieu tout près de la capitainerie.

Dahut jaillit soudain dans la semi-clarté luminescente du quai. Elle s'arrêta brusquement en découvrant le policier qui lui barrait la voie. Le vent agitait le soleil de sa chevelure et donnait vie reptilienne à chacune de ses mèches. Elle passa le bras autour du cou de Nolwenn et lui colla le canon de son arme sur la tempe. Puis elle continua sa progression.

Bruno s'avança également. Jacky resta en retrait.

Le couple de la mer et du vent s'agitait avec encore plus de frénésie, sentant l'orgasme proche. Les grandes masses mobiles des nuages s'écartèrent un peu pour permettre au Dieu du Ciel, l'une des nombreuses victimes de l'appétit dévorant du Temps, de contempler la scène tant de fois rejouée de la lutte finale.

L'homme, la femme et l'otage n'étaient plus séparés que par une dizaine de mètres.

– Laisse passer ta souveraine, soudard.

Le ton était donné. Bruno continua :

– Ton père t'attend, Princesse...

La réaction fut violente. Dahut serra Nolwenn encore plus fort.

– Ne me parle jamais de mon père ! Jamais, tu entends !

Bruno s'approcha encore un peu.

– Laisse-moi passer ! hurla-t-elle. Laisse-moi passer ou je tue cette suivante comme j'ai tué son servant.

Bruno recula en levant les mains.

– Je viens en ami. Vois, je ne suis pas armé.

– Moi, je le suis !

– Les cieux sont avec toi, poursuivit Bruno, et le vent te pousse vers moi... Il t'invite à me rejoindre...

– Tais-toi ! Sale pourceau lubrique !

Jacky, pétrifié, n'osait remuer un cil. Bruno essayait encore :

– Que vas-tu faire, Dahut ?

Un immense sourire éclaira alors le visage de la Goule, qui détendit un peu sa contrainte.

– Je vais récupérer la ville qui me fut ignominieusement ravie. Vois comme elle est belle...

Son regard se détacha pour la première fois du visage de son interlocuteur. Elle le tourna vers Ker-Ys, mais cela ne dura qu'une fraction de seconde.

– C'est vrai, confirma l'homme d'arme, elle est belle et elle t'attend. Si tu veux, je peux te convoyer...

La tension était un peu retombée. Elle lui répondit sans animosité :

– Pas tout de suite. Je dois d'abord la nettoyer. Fais patienter la cour...

Puis elle ajouta hargneusement :

– ...Et surtout chasse tous les porteurs de chasuble ou de bure ! Je ne veux pas un seul de ces serviteurs du dieu importé dans ma ville, tu entends, pas un !

– Mais il n'y en a plus, Princesse. Depuis ton départ, ta ville est entre de bonnes mains, servant de bonnes âmes qui attendent ton retour pour te la restituer. Et regarde le ciel. Il te l'a déjà lavée. Elle est propre, pure, ta ville...

À ces mots, le visage d'Agnès se détendit encore un peu plus. Elle leva les yeux vers le ciel comme on l'y invitait, elle crut même voir l'ombre de son cheval et tendit le bras pour le montrer...

Bruno attendait ce moment. Il fit glisser le couteau qui patientait dans sa manche, le prit en main et, d'un geste vif et précis, le lança vers la poitrine d'Ahès.

Les yeux de la Gorgone mortelle ne quittèrent pas le ciel, même lorsqu'elle s'effondra sans un mot, sans force, puis sans vie.

Une heure plus tard...

La baie d'Ys retrouvait peu à peu son calme. La ville était encore debout et si le niveau de la lagune avait augmenté de quelques centimètres depuis le début de la soirée, ce n'était que la conséquence normale d'exceptionnelles précipitations. Des plongeurs étaient à l'œuvre pour ôter les globes. Au rez-de-chaussée du bâtiment central de l'IRLCD, dans une salle transformée pour l'occasion en hôpital de campagne, Quentin revenait peu à peu à lui, pour retrouver l'aridité d'une douleur et la consolation d'un amour, penchée sur lui.

Derrière, Barbouquet se massait le ventre, Jacky s'époussetait, Fabian roulait un clope et Bruno regardait ses pieds.

ÉPILOGUE

Le serment

Extrait de l'ouvrage du Pr. Daoudal,
Ys ressuscitée

L'aube, enfin.

Gradlon-Mawr s'éveilla avec peine et chagrin. Il caressa une dernière fois la croupe généreuse de Venitouta, puis se leva et sortit. Winwaloe, statue vivante sur socle pierreux, n'avait pas quitté de la nuit la posture béatifique adoptée la veille. Mais la proximité du roi le priva de celle de Dieu. Il reprit donc en la compagnie du premier le chemin de la forêt.

Les deux hommes suivirent patiemment le sentier à peine tracé qui menait à la maison des moines. Les rayons d'un soleil plus libéral qu'à l'habitude jouaient à se cacher derrière les feuilles mourantes des chênes en voie de sanctification. Arrivés au sommet de la combe de Pennffwrn, ils marquèrent un temps d'arrêt.

Une odeur âcre en provenance de l'embouchure du fleuve leur annonçait la fin du voyage. Ils descendirent le flanc boisé du vallon jusqu'à une vaste clairière donnant vue sur la mer et dans laquelle prospérait la jeune abbaye de Lan-To-Wennoc.

Au sein d'un enclos circulaire s'éparpillaient douze cônes de branchages, cellules des onze moines de la congrégation, auxquelles s'adjoignait une loge d'accueil pour les vagants. L'abbatiale était construite en rondins et recouverte de genêts et de broutilles. Elle se trouvait tout près de la clôture, face à l'entrée, au bout d'une voie intérieure pavée de plaques de schiste et bordée de trois croix en pierre, l'une d'elle se trouvant exactement au centre de l'enceinte. Sa minuscule nef ne pouvait recevoir plus de quinze personnes en même temps, qui assistaient aux offices debout, en se disposant autour d'un autel grossier et d'une croix en bois. À l'extérieur, deux tombes flanquaient l'un des murs latéraux : celle du premier moine mort pour sceller le pacte entre la communauté naissante et cette terre et celle de l'ermite Mordiern, dont la dépouille avait été transférée en ces lieux à la demande de Cawrintin. Il y avait encore dans l'enclos une petite chapelle, un réfectoire rectangulaire auprès duquel un rond de pierres noircies fumait en permanence, un bûcher, un grand abri pour le matériel de défrichage et de labourage et, enfin, quatre croix en bois marquant en périphérie les quatre points cardinaux.

La troupe complète des religieux s'agenouilla à l'entrée du monastère pour accueillir leur abbé et leur roi. Ils avaient tous la tonsure celtique, c'est-à-dire que la moitié antérieure de leur crâne était rasée tandis que de longs cheveux flottaient à l'arrière. À l'instar de Winwaloe, chacun d'eux ne possédait comme seul accoutrement qu'un vêtement en poils de chèvre. Seuls la crosse et le maintien hiératique de l'abbé, ainsi que la soumission absolue que témoignaient à son égard les membres de la petite société, permettaient de lever toute ambiguïté sur l'organisation hiérarchique à Lan-To-Wennoc.

L'un des moines portait un paquet enveloppé dans un linge soyeux magnifiquement coloré.

Étrange spectacle, en vérité, que celui de ce spectre poilu tenant avec la délicatesse d'une pucelle cette petite masse enveloppée dans d'exubérantes décorations, en cet endroit gris où seule l'opulence spirituelle compensait la pénurie en biens séculiers !

Gradlon-Mawr se précipita vers lui.

Il écarta l'étoffe et embrassa l'enfant.

– *Vy mab* !*dit-il.

Le roi et l'abbé contemplaient de l'autre côté du Fleuve l'île de Thopopégie, qui fut le premier asile des religieux errants avant leur installation définitive dans la combe de Pennffwrn.

– *A ureenhin*, lorsque tu décidas le mois dernier de conduire cet enfant en ces lieux, tu te comportas en homme sage. Est-ce Dieu qui te conseilla ?

* "Mon fils !"

– Dieu ? Peut-être, *tat abat*. Peut-être...

Un nuage masqua le soleil d'automne.

– *Tat abat*, je suis soudainement devenu un très vieil homme. Ma vie va s'achever à Lan-To-Wennoc, à l'abri du Fleuve et des grands arbres de paix. Le fils de ma fille me succédera. Et si je ne le puis, *tat abat*, tu te chargeras de son éducation.

Une larme roulait sur le parchemin de sa joue.

– Il me reste à faire un serment, *abat* !

Le vieux roi se leva, s'avança lourdement jusqu'au rivage. Il admira longuement le cours d'eau altier qui barrait au passé le chemin de l'avenir, puis il dit :

– Au nom de mes crimes et de ma folie, au nom de Dahut et de son fils, au nom du Ciel et de sa Bonté, je jure que mon successeur sur le trône de la Nouvelle Cornugallia aura pour capitale une ville reconstruite sur le modèle et à l'emplacement de *Caer*-Ys.

Le souverain se tourna ensuite vers Thopopégie et, levant bien haut ses deux bras, il prononça solennellement :

– Ceci est le troisième engagement que je prends en mémoire de ma fille et la première promesse que je fais à son fils !

Fin de la première saison

TABLE DES MATIÈRES

Déjà parus dans la collection

GRANIT NOIR

BELFAST BLUES

Richard Deutsch

Quand, en janvier 1998, une de ses étudiantes disparaît à Belfast, Hippolyte Braquemare s'envole pour la capitale de l'Irlande du Nord. Le professeur de Civilisation Irlandaise de l'Université de Rennes connaît bien le monde tourmenté de l'Ulster. Mais, quand il arrive sur place, il trouve une effervescence anormale : la paix se prépare. Aussi les paramilitaires catholiques et protestants s'emploient à se reconvertir dans des activités aussi lucratives que celles exercées pendant les trente années des "Troubles".

Braquemare retrouve ses amis loyalistes et républicains, navigue en eaux troubles entre le "parrain protestant", Patterson, et le président de Sinn Fein, Gerry Adams. Accompagné de son ami le journaliste Lebovers, maître redoutable du jeu de mots, Hippolyte (H pour les intimes) tente d'échapper aux services spéciaux britanniques et irlandais. Trouver la jeune étudiante se révèle difficile et dangereux, la Maffia russe s'en mêle alors que bombes et voitures piégées ne cessent d'exploser. Le professeur, lui, n'a pour seule arme que son téléphone portable.

Mais H porte bien ses cinquante ans et se remet de ses émotions avec un Black Bush, son whiskey favori, que sa compagne, la belle Irlandaise nationaliste Eileen, déguste d'une étrange façon.

Le retour à la paix en Irlande sert de décor à ce polar différent où la réalité dépasse systématiquement la fiction mais où l'humour nord-irlandais ne perd jamais ses droits.

Kilt ou double
Richard Deutsch

L'Écosse est un beau pays. Hippolyte Braquemare, professeur de Civilisation Irlandaise à l'Université de Rennes, n'en a jamais douté. Mais en mission officielle au pays des hommes en kilt, pour la République d'Irlande et Sa Gracieuse Majesté, il révise son jugement. Il y découvre ce que les indigènes portent sous cette jupe de couleurs bariolées alors que la paix devrait s'installer dans l'Irlande du Nord toute proche. Témoin des sombres tractations que livrent les paramilitaires nord-irlandais catholiques et protestants en réunion secrète dans un pub écossais, il tente d'empêcher un retour à la violence dans le Nord de l'Île Verte. Non loin du Loch Ness, il retrouve la belle Eileen, fière dirigeante de l'IRA ; fait équipe avec son fidèle ami journaliste, Lebovers ; échappe aux menaces bibliques de l'Évêque mais ne peut s'empêcher de découvrir quelques curieux cadavres dans ce périple calédonien inhabituel. Les moutons tiennent autant de place dans cette enquête d'H que le whisky et le "haggis" alors qu'un pasteur roumain semble moins égaré qu'il n'y paraît.

Échec à la Rennes
Richard Deutsch

De très bonnes tables se cachent à Rennes et dans ses environs. Aussi Hippolyte Braquemare, professeur de Civilisation Irlandaise à l'Université de Rennes, enquête quand il apprend qu'un mystérieux assassin trucide les meilleurs chefs de la région. Alors que des nationalistes irlandais font exploser une voiture piégée en Ulster, à Omagh, l'universitaire découvre que les relations Bretagne-Irlande sont plus étroites qu'il ne l'imaginait. Une folle course poursuite s'ensuit entre Rennes, Saint-Malo et Saint-Hélier pour échapper à un marmiton irlandais, Seamus O'Laighume, et à une universitaire féministe, Amy

Sfher. L'émigré chinois clandestin est-il l'assassin ? Que cachent les couloirs souterrains de l'hôpital de Pontchaillou ?

Explosions en Bretagne, additifs alimentaires, sur fond d'un retour à la paix en Ulster, cette enquête d'H rencontre de curieux personnages, dont Rawahl Thassalivh Singh, authentique Sikh, n'est pas plus étonnant !

Pas de garde-fou pour le Garde des Sceaux
Bernard Pouchèle

Le Garde des Sceaux, le célébrissime Hans Kouchtaert, ex-médecin de l'univers, ex-administrateur de l'ex-Yougoslavie, a été découvert assassiné dans la bonne ville de Sablé-sur-Sarthe. Retrouvé raide, les vertèbres cervicales brisées par un sac de riz tombé du deuxième étage d'un hôpital psychiatrique.

Une histoire où les fous ne sont pas ceux qu'on pense.

L'adjudant de gendarmerie en retraite, Jules Belloc, vaguement trotskiste, interné pour la bonne cause, mène une enquête parallèle avec l'aide de Maryvonne Le Brinsec, sa compagne, gaulliste pur jus.

Et on croise tous les délires, tous les rires, donc toutes les souffrances. Car pour une fois les innocents sont peut-être coupables.

Un roman aussi maboul que son auteur...

Samedi, l'évêque a raté le bus
Bernard Pouchèle

Le très médiatique évêque Onésime Goyat a été retrouvé assassiné, au garrot, sur une place publique de la bonne ville bretonne de Guerlesquin. Voyez d'ici le tintouin dans le canton.

L'enquête est confiée à Jules Belloc, adjudant de gendarmerie et socialiste, qui se fera aider par sa maîtresse, Maryvonne Le Brinsec, institutrice gaulliste qui marche au chouchenn.

Et là, on croise des indépendantistes bretons, un curé façon intégriste, un corbeau, un vagabond qui publie, des piliers de pub et quelques farceurs.

Qui est donc le coupable?

L'auteur le sait-il lui-même? Ce roman n'est pas un roman à clefs mais pour le moins à trousseau. On y retrouve le ton et les humours du Pouchèle de *l'Étoile et le Vagabond* ou de *Deux Vagabonds en Irlande*. Parfois noir, parfois tendre, toujours décalé, le tout pimenté d'une bonne dose d'impertinence – voire d'inconscience – voilà le ton de *Samedi l'évêque a raté le bus*...

LE PETIT DOIGT DU GRAND ARCHITECTE
Louarnig Gwaskell

Tu sais quoi?... Le mec qui a dit "À l'Ouest, rien de nouveau", il connaissait mal la Bretagne! Moi, j'y circule pas mal et il s'y passe de drôles de trucs...

Qu'un huissier se fasse descendre, et cela suffit pour mettre en émoi le tranquille petit monde de la jet-set guimgampaise qui préférerait que le commissaire Semillkof ne cherche pas trop loin.

Mais le temps se couvre pour la profession, car l'homme en noir qui sillonne la Bretagne n'aime pas les huissiers, mais alors là, pas du tout. Et tel un funèbre Petit Poucet, il jalonne sa route...

Personnellement, je n'y verrais pas tellement d'inconvénients si je n'avais aucun rôle à jouer dans tout ce pastis, mais voilà!

Hermines et idées noires
Renaud Marhic

"Saint-Just" est journaliste. Il a ses têtes : le fascisme, les sectes, le néo-libéralisme... Ses passions aussi : l'alcool et les femmes. S'il s'adonne à la première sans retenue, la seconde lui donne bien du fil à retordre.

Avec Mat, le flic qui couperait son manteau en deux pour les idéaux de 1789, Saint-Just se lance sur la piste de l'opération "Fracture Ethnique". Au sein d'une Europe en proie aux déchirements nationalistes, la Bretagne apparaît comme une cible de choix pour les inquiétants Ouvriers de Dieu.

Il n'y a pas de héros dans ce polar réaliste. On y croise plutôt des êtres humains, avec leurs convictions et leurs contradictions, plongés au cœur d'une réalité qui les dépasse. Au risque de s'y noyer...

Imprimé en France par Brodard et Taupin (La Flèche - Sarthe)
pour le compte des éditions Terre de Brume en mars 2000.
N° d'impression : 1343
Dépôt légal : mars 2000.